CHAMAN

Maxence Fermine

CHAMAN

ROMAN

Michel Lafon Poche

118, avenue Achille-Peretti – CS 70024
92521 Neuilly-sur-Seine Cedex
www.michel-lafon.com

À Pierre Witt, compagnon de reportage

Chaque pas que l'homme fait sur la terre
devrait être une prière.

Black Elk

SUR LES TRACES DE RICHARD ADAM

Hiver 2016/2017

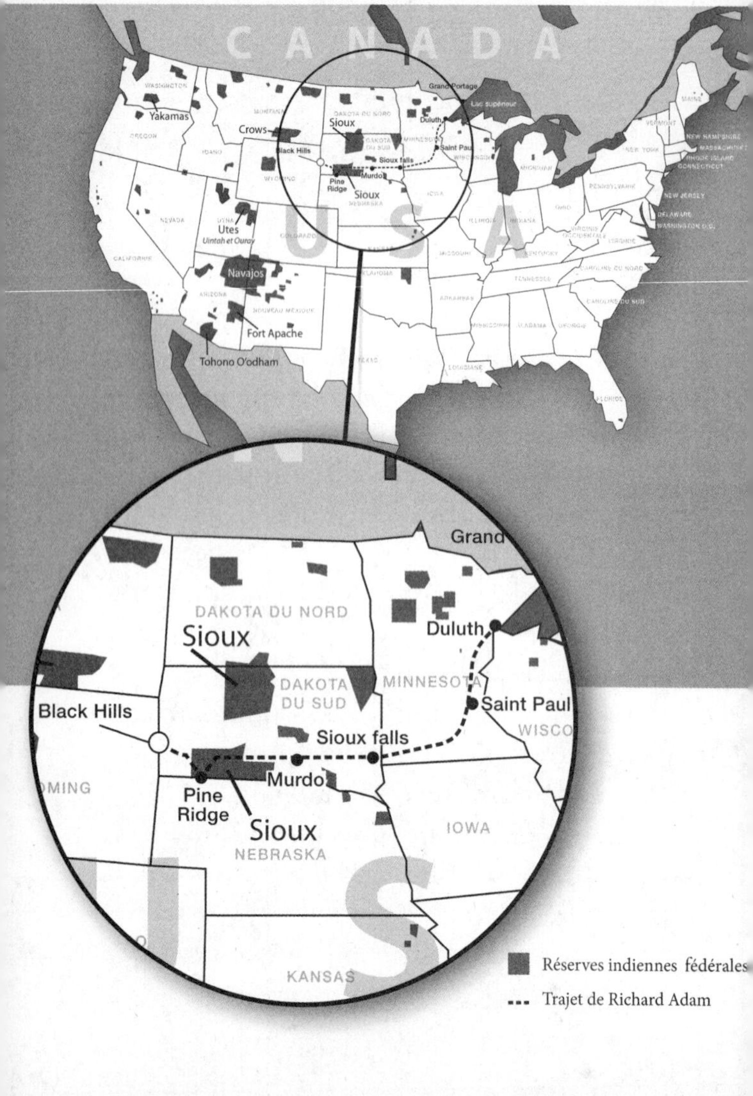

Prologue

Au début de l'hiver, un homme disparut dans l'immensité des Black Hills, une chaîne de montagnes disséminées entre le Dakota du Sud et le Wyoming, dans le nord des États-Unis. Un endroit sauvage, lieu sacré des Sioux. Cet homme était un chaman indien, de la tribu Lakota Oglala, qui avait choisi le loup pour animal totem. Ce fut la dernière fois qu'on entendit parler de lui.

Le printemps suivant, et jusqu'à la fin de l'été, des recherches furent entreprises pour tenter de le retrouver, mais en vain.

L'hiver suivant, un chasseur découvrit les traces d'un loup solitaire, juste en dessous de Black Elk, le point culminant du massif. Il traquait un chevreuil depuis plusieurs heures lorsque, par le plus grand des hasards, il tomba nez à nez avec le canidé. Sans céder à la panique, il épaula son fusil et le maintint en respect dans son viseur, le doigt sur la détente. Il resta ainsi de longues secondes, mais renonça finalement à tirer, et laissa le loup s'enfuir.

Il raconta plus tard qu'il avait eu l'étrange sensation de se trouver en présence non d'un animal, mais d'un être humain.

– 1 –
Duluth

Quand tu te lèves le matin
Remercie pour la lumière du jour
Pour ta vie et ta force
Remercie pour la nourriture
Et le bonheur de vivre
Si tu ne vois pas de raison de remercier
La faute repose en toi-même.

Tecumseh

Le jour où Richard Adam comprit qu'il n'avait qu'une vie, il n'avait jamais été si proche du ciel. Et pour cause. Il se tenait en équilibre sur une poutrelle d'acier, à près de soixante mètres de hauteur. Et il avançait, pas à pas, vers le vide. Tout doucement, en retenant son souffle, calme et serein. Résolu à faire le grand saut dans l'inconnu.

Sa silhouette était celle d'un homme grand et fort, à la stature imposante. Son visage, mâchoire carrée et front large, encadré par une longue chevelure de jais, possédait quelque chose d'inquiétant. Il était vêtu d'un chapeau Stetson, d'un blouson, d'un jean et d'une paire de Caterpillar de couleur noire. D'ailleurs, tout était sombre en lui, jusqu'à ses yeux aussi perçants que ceux d'un d'aigle.

Parvenu au bout de son perchoir, il s'arrêta, retint son souffle, et contempla une dernière fois le paysage qui s'offrait à lui, telle une flaque d'or blanc. Il pensa que la vue était sublime, et la vie, terriblement fragile. Un souffle de vent, un faux pas, et il disparaîtrait à jamais. Il s'envolerait tel un oiseau dans les nuées.

On était fin novembre et, déjà, il avait neigé sur la région des Grands Lacs. La ville de Duluth, bordée par le lac Supérieur, était recouverte d'une fine pellicule blanchâtre qui, peu à peu, effaçait le paysage, formant une immense auréole de lumière se confondant avec l'infini de l'horizon.

Duluth, siège du comté de Saint Louis dans

le Minnesota, était connue pour deux raisons : elle avait été au XVIIe siècle le théâtre du premier commerce de fourrures entre Indiens et Européens. Et un certain Robert Zimmerman y avait vu le jour en 1941. Depuis, les tribus indiennes avaient quasiment disparu, le commerce des fourrures n'était plus au goût du jour, et Robert Zimmerman, *alias* Bob Dylan, habitait ailleurs. Duluth restait cependant une ville prospère, avec de nombreuses demeures victoriennes et plus de millionnaires au kilomètre carré que partout ailleurs aux États-Unis.

Richard Adam avait quarante-cinq ans, du sang indien coulait dans ses veines, et il exerçait le difficile métier de charpentier du ciel. Comme nombre de ses congénères, il travaillait sur les chantiers de construction des hauts bâtiments des grandes villes américaines. Selon une légende bien établie, les Indiens d'Amérique du Nord ne connaissaient pas le vertige, raison pour laquelle nombre d'entre eux avaient choisi cette profession peu académique. Cette croyance bien ancrée dans l'imaginaire populaire faisait bondir Richard Adam. Chaque fois qu'il l'entendait, une colère froide s'emparait de lui. La vérité était tout autre. Il suffisait de se rendre au cimetière indien et de regarder les tombes de ceux qui avaient péri en tombant dans le vide. S'ils exerçaient cette profession, c'est parce que les Indiens n'avaient pas froid aux yeux, et de tout temps avaient aimé flirter avec la mort. C'est ce qui les rendait extrêmement fiers de leur courage. Ou de leur inconscience. Et les poussait à se mettre en danger permanent. Ceux qui avaient peur, ce qui était bien normal quand on évoluait si loin de la terre ferme, buvaient quelques lampées de whisky avant de monter dans les nuages. Tutoyer les anges avant d'aller tutoyer le ciel.

La corporation des charpentiers du ciel œuvrait pour la plupart sur les chantiers de New York, de Chicago et des Grands Lacs. La nation indienne qui la représentait le mieux était les Mohawks. Mais peu à peu, plusieurs tribus indiennes les avaient imités. Ainsi trouvait-on des Crees, des Hurons et des Sioux, comme lui.

Pour sa part, Richard Adam n'avait jamais été vraiment sujet au vertige. Jusqu'à aujourd'hui. C'était la première fois qu'il ressentait ce trouble. Mais il avait une bonne raison. C'était un jour particulier pour lui. Il venait de comprendre qu'il était orphelin, et qu'il n'avait plus vraiment de lien avec le monde qui l'entourait. Sa mère était morte dans la nuit.

Il resta de longues minutes sur cette mince poutrelle d'acier à réfléchir, établissant le bilan amer de son existence. Il n'avait plus de parents, n'avait ni femme ni enfants. Ses dernières conquêtes féminines n'avaient été que des passades sans lendemain. Son caractère d'ours mal léché les avait toutes fait fuir, ou alors c'est lui qui s'était lassé, il ne se souvenait plus très bien. Tout ce qu'il retenait de ces aventures, c'est qu'il était et demeurerait un éternel solitaire. C'était dans sa nature. Dans ce cas, à quoi bon continuer à déambuler à de telles hauteurs, à risquer sa vie pour construire des immeubles de plus en plus hauts, si l'on n'a rien de tangible à quoi se raccrocher ?

Jusqu'à cette seconde précise, il était déterminé à franchir le pas, à répondre à l'appel du vide, à s'abandonner au sublime vertige de l'apesanteur. Il n'avait plus qu'à écarter les bras, faire un petit pas et se laisser tomber pour le dernier vol de l'ange.

Mais soudain, au tout dernier moment, une pensée lui traversa l'esprit et retint son geste. Dire qu'il avait failli oublier.

Il lui restait une dernière chose à accomplir avant de mourir.

– 2 –
Tallulah

Pour nous les cendres de nos ancêtres sont sacrées et l'emplacement où ils reposent, une terre sanctifiée.

Seattle

Juste avant de rendre l'âme, Tallulah avait formulé le souhait que ses cendres soient répandues sur la terre de ses ancêtres. Richard Adam se souvenait encore avec émotion de la voix de sa mère prononçant ces paroles auxquelles il avait répondu par l'affirmative. Il ignorait encore de quelle manière procéder, espérant que l'entreprise des pompes funèbres s'en chargerait. Mais il savait, au fond de lui-même, qu'il était impossible de trahir une promesse, surtout faite sur un lit de mort. C'était quelque chose d'inconcevable, et qui le poursuivrait toute sa vie et au-delà, comme une malédiction.

Tallulah Adam était une authentique Lakota Oglala de la réserve de Pine Ridge, non loin des Black Hills, dans le Dakota du Sud. C'était là qu'elle avait grandi et serait sans doute restée toute sa vie si elle n'avait pas fait la connaissance d'un employé d'une compagnie minière dont elle s'était amourachée presque par hasard, et qu'elle avait suivi dans une vie d'aventures, poussée autant par l'angoisse du chômage et de la misère que par une passion aussi destructrice qu'éphémère.

La suite lui avait prouvé qu'elle s'était fourvoyée, que, peut-être, elle n'aurait jamais dû écouter le chant des sirènes, mais rester bien sagement à sa place, là où le destin avait choisi qu'elle demeure. Mais quand la coupe est pleine, il faut avaler le poison. Voilà pourquoi elle savait depuis toujours qu'elle ne reviendrait dans la réserve qu'une fois morte. Les vivants ne pardonnent jamais aux autres vivants leurs erreurs. Seule la mort leur offre la rédemption. Quand une Indienne épouse un Blanc, elle est bien souvent exclue de la tribu. C'est ce qui était arrivé à Tallulah.

En quelque sorte, elle était devenue une exilée du moment où elle était tombée sous la coupe de cet homme blanc. Dès cet instant, elle n'avait plus eu ni famille ni attaches. Pour les siens, elle était désormais une femme perdue.

Richard Adam n'avait pratiquement jamais connu son père. Il se souvenait d'un grand type pas commode, du genre bûcheron aux mains larges comme des battoirs, acariâtre et taciturne, aux idées étroites. Il ne venait à la maison que le week-end, pour en ressortir aussitôt s'aviner dans le bar du coin. Et puis, il n'était plus rentré du tout et on avait appris un peu plus tard qu'il avait refait sa vie avec une autre femme, dans une autre ville. C'était tout. Richard Adam ne l'avait plus revu.

En revanche, sa mère avait toujours été présente à ses côtés. Jusqu'au jour maudit de sa disparition, elle avait été sa seule famille. Voilà pourquoi il se devait de respecter ses dernières volontés.

– 3 –

Funeral Day

Choisis bien tes mots, car ce sont eux qui créent le monde qui t'entoure.

Pensée des Navajos

Le jour des funérailles tomba un lundi. Seul augure radieux dans un avenir sombre, le soleil apparut dans le ciel et fit fondre la mince couche de neige qui, telle une oriflamme de pureté, avait recouvert la ville.

Le centre funéraire de Duluth était une demeure accueillante et moderne, loin de l'image qu'on pouvait se faire d'une morgue. Un bâtiment en brique surmonté d'une toiture en bois peinte en blanc, sur une large avenue arborée, à la sortie de la ville. Pas vraiment un endroit destiné à se faire peur. D'ailleurs, l'employé était tout à fait prévenant, courtois, voire charmant. La seule chose qui le distinguait d'un commerçant classique est qu'il ne souriait jamais. L'une des qualités indispensables à son métier était visiblement d'afficher en permanence un air de tristesse et de compassion, comme si lui-même était de la famille du défunt. Il était là pour accompagner ceux qui restaient, et se sentaient bien souvent totalement désemparés. Un homme de providence, d'une allure christique. C'est, du moins, l'effet qu'il fit à Richard Adam.

La cérémonie fut émouvante, bien sûr, et il y eut des paroles réconfortantes, des extraits musicaux, des regards éplorés, mais Richard Adam n'entendit ni ne vit rien de tout cela. Il était dans son exil intérieur, cette bulle de silence et de vide que crée immanquablement le deuil, et qui vous rend seul au milieu de la foule. Tout ce dont il devait se souvenir par la suite était la vision du cercueil de Tallulah trônant au milieu de l'allée du centre funéraire, un point fixe dont son regard ne pouvait se défaire. En même temps qu'un brouhaha de sons tempêtait dans son crâne, il eut la désagréable impression qu'il venait de prendre la pire cuite de sa vie. Malgré tout, il dut faire bonne figure, serrer les dents, et remercier les quelques proches venus assister aux funérailles. Même si, fidèle à son image d'homme taiseux, à part ces quelques remerciements murmurés du bout des lèvres, il ne décocha pas un mot à quiconque.

À l'issue de la cérémonie, il suivit encore le cercueil que quatre employés des pompes funèbres portaient dignement jusqu'au corbillard prêt à partir pour le crématorium. Puis les portes se refermèrent et le manque se fit alors ressentir. Chacun y alla de son petit réconfort, une poignée de main, une étreinte ou une embrassade. Mais ces vagues de tendresse ne l'atteignirent pas vraiment, comme si lui aussi s'était enfui vers le large. Et, pour la première fois de sa vie, il se sentit étrangement seul, comme perdu au milieu d'un océan bordé par les rives écumeuses de la mélancolie.

Dès le lendemain, il reviendrait en ces lieux récupérer les cendres de sa mère, rassemblées dans une urne funéraire. Et ce serait tout. Sa famille se résumerait à un vase. Et aux souvenirs qu'il entraînerait dans son sillage.

À quoi tenait le poids d'une vie ? À quelques cendres dans une urne ? À un album de photographies anciennes ? Au catalogue des souvenirs ? À une poignée d'amis et aux membres de sa famille qu'il ne croisait plus qu'à l'occasion de cérémonies ? Aux éclats d'une existence éparpillée dans le temps et l'espace ? Richard Adam ne savait que répondre. Bien sûr, il avait profondément aimé sa mère, et elle lui avait rendu son amour filial en lui accordant le droit à la liberté une fois l'âge adulte venu. Mais, au fond, il n'était jamais parti bien loin car il s'était toujours senti proche d'elle. L'absence du père avait contribué à renforcer le rôle de la mère omniprésente, seul rocher auquel il pouvait se raccrocher. Quand on ne possède que l'image maternelle, ni frères ni sœurs avec qui la partager, tout devient disproportionné. Voilà pourquoi il ressentait la mort de Tallulah à l'égal d'un cataclysme.

Après la cérémonie, il proposa aux membres de sa famille de se retrouver chez lui pour un dernier hommage à la défunte. Il n'avait pas vraiment envie de recevoir du monde en cet instant précis, mais il devait se plier à la coutume pour ne vexer personne.

– Ça vous dirait d'aller boire un verre ? Je n'habite pas très loin d'ici, lança-t-il de sa voix d'outre-tombe, sans esquisser l'ombre d'un sourire.

Une dizaine de personnes répondirent timidement à sa glaciale invitation, les autres préférant de ne pas s'attarder davantage.

– Alors suivez-moi.

Et, sans attendre, il rejoignit son véhicule et démarra. Le maigre convoi qui réussit à lui emboîter le pas roula donc jusqu'au quartier le plus modeste de la ville. Là, au fond d'une impasse, il gara sa voiture devant un pavillon sans âme.

Il louait un garage aménagé en appartement, situé juste en dessous du logis de ses propriétaires, les Dawson, un couple de retraités. En tout, il disposait de cinquante mètres carrés, comprenant un salon, deux chambres, une cuisine et une salle de bains, ce qui lui suffisait amplement car il avait toujours vécu seul avec sa mère.

Autour d'un buffet composé de toasts et de canapés au beurre de cacahuète, de sodas, d'orangeade, de bière et de whisky, la cérémonie se prolongea par un moment de recueillement à évoquer le passé.

– Ta mère était une femme bien, lui confia une lointaine cousine qui vivait à Chicago et que, de toute sa vie, il n'avait croisée que deux ou trois fois.

– Je sais.

– Une femme simple, mais qui avait bon cœur. Elle n'a pas eu beaucoup de chance dans sa vie. Elle aurait sans doute mérité mieux. Mais elle t'avait, toi.

– Oui, ajouta un oncle aux cheveux grisonnants qu'il ne se souvenait pas d'avoir revu depuis sa plus tendre enfance, Tallulah a fait le choix de l'aventure, et tu vois où ça l'a menée. Nulle part. Quand on est jeune, on ne réfléchit pas toujours aux conséquences…

Richard Adam comprenait tout à fait que ces paroles à peine déguisées désignaient son père absent, mais ces jugements à l'emporte-pièce le laissaient parfaitement indifférent. Et il est probable que rien de fâcheux ne serait arrivé si l'une de ses tantes, qui avait la réputation d'être à moitié folle, n'était alors intervenue dans la conversation.

– Mon pauvre Richard ! C'est vrai que

lorsqu'on te regarde, on voit ton père. J'espère au moins que tu n'as pas hérité de ses tares !

C'était la phrase assassine à ne pas prononcer devant lui, et, bien entendu, elle l'avait claironnée de manière à ce que tout le monde l'entende. Cette fois, il ne put contenir la colère qui bouillonnait dans ses veines. Il foudroya sa tante du regard et lui asséna :

– Sors d'ici et ne reparais plus jamais devant moi ou je te jure que je te fracasse le crâne !

Et, comme si cette menace ne suffisait pas, d'une pression de ses doigts il fit éclater le verre qu'il tenait à la main. Les éclats couleur de cristal rebondirent sur le parquet avec fracas et quelques gouttes de sang perlèrent à son doigt. Son interlocutrice resta sans voix, tandis que toute l'assistance se figeait, traversée par un frisson d'horreur devant la violence de la scène.

Décidément, Richard Adam avait de qui tenir. Question diplomatie, il n'y avait rien à attendre de lui. En une sentence, il venait de rompre les maigres liens qui l'unissaient encore à sa famille. Les invités sentirent le malaise croître, et l'atmosphère devint très vite encore plus irrespirable. Loin de vouloir dissiper cette impression d'asphyxie qu'il avait lui-même instaurée, leur hôte ne s'excusa pas et resta de marbre. Il se contenta de passer son doigt sanguinolent sous l'eau du robinet, puis de l'envelopper dans un pan de tissu. En quelques secondes, tout fut bouclé. Les convives décampèrent un à un, la tante à moitié folle en tête, jurant ses grands dieux qu'on ne l'y reprendrait plus. Il se retrouva soudain seul au milieu de la pièce jonchée d'éclats de verre que personne n'avait eu le courage de ramasser.

Bien sûr, il avait compris qu'après cette dernière scène il ne les reverrait plus, mais cela ne l'inquiétait pas outre mesure. Étrangement, il se sentait presque soulagé. Il n'avait jamais eu beaucoup de goût pour les mondanités, encore moins pour les hypocrisies familiales.

– 4 –
The Book

Tous ceux qui connaissent le succès ont d'abord rêvé à quelque chose.

Parole mancepa

Peu après le départ du dernier invité, Richard Adam se servit une rasade de whisky dans un verre intact, et le dégusta lentement, assis dans le canapé du salon, contemplant l'étendue du désastre avec un mélange de dégoût et de délectation. Il ôta le pan de tissu recouvrant son doigt et découvrit que la blessure s'était déjà refermée. Le sang ne coulait plus et, pour une raison inexplicable, la plaie avait entamé son processus de cicatrisation. La coupure avait beau être superficielle, il resta quand même de longues minutes à contempler ce prodige, avant de constater que tout ce cirque l'avait épuisé. Il se leva alors, gagna sa chambre et s'allongea sur son lit, bien décidé à s'accorder une sieste réparatrice. Mais il ne parvint pas à fermer l'œil et demeura ainsi de longues minutes à fixer un point imaginaire au plafond, obnubilé par une tache d'humidité dans laquelle il voyait se dessiner des formes étranges. Cela lui arrivait parfois lorsqu'il n'arrivait pas à trouver le sommeil. Rester ainsi à scruter une simple tache au plafond. De quoi devenir dingue.

Et il n'y avait pas qu'elle qui le perturbait. Soumis depuis quelques jours à un maelström de sentiments contraires, épuisé par tout ce charivari suscité par la disparition d'un être cher et l'apparition de fantômes du passé, il avait perdu pied avec le réel. Un kaléidoscope d'images tournait dans sa tête comme un manège incessant, jusqu'à lui procurer le même vertige qu'il avait ressenti tout là-haut, perché sur sa poutrelle d'acier. Le signe d'une déprime à laquelle il était parfois sujet, et qui cette fois pourrait avoir de graves conséquences sur sa santé. Il fallait donc agir, essayer à tout prix de sortir de cet état cathartique, d'éloigner la torpeur et la mélancolie.

Comme il ne trouvait toujours pas le repos, il se leva enfin et gagna la cuisine, où il se prépara un litre de café noir dans l'espoir que l'absorption d'un tel breuvage le sortirait de cet état de trouble psychique et de marasme dans lequel il avait bel et bien sombré. Les vertus de la caféine n'étant plus à démontrer, c'est après trois tasses qu'il émergea enfin de sa léthargie, et trouva le courage nécessaire d'affronter la dure réalité. Il retourna au salon, rassembla les éclats de verre éparpillés, débarrassa les reliefs de la collation, et jeta le tout dans un sac-poubelle avant de laver le sol à grande eau. Puis, instinctivement, il poussa la porte de la chambre de sa mère et, après avoir scruté un à un les éléments qui la composaient, il lui prit l'envie un peu folle de poursuivre cette pulsion ménagère. Là, maintenant, comme mû par un besoin viscéral de se libérer du passé. Peut-être était-ce un peu précipité au vu des circonstances, mais, il ne savait pourquoi, il en ressentait l'envie. Aussi se retroussa-t-il les manches et se mit-il au travail.

Il garda quelques affaires personnelles, dont des albums de photographies, des livres anciens, une robe indienne colorée, un collier de nacre, un bracelet en cuir tressé et un attrape-rêves que Tallulah avait confectionné de ses propres mains. Le reste fut rassemblé dans des cartons, qu'il entassa dans le jardin. Mme Dawson, qui était la présidente d'une association locale, viendrait les récupérer plus tard afin de les distribuer aux indigents du quartier.

Parmi les livres conservés, un en particulier attira son attention. Il s'agissait d'un traité sur l'histoire des premières nations amérindiennes. Tallulah l'avait laissé sur sa table de chevet. Jusque-là, il ne s'était jamais vraiment intéressé à l'histoire de ses ancêtres, et sa mère avait toujours été peu diserte sur le sujet. Mais dès qu'il l'eut en main, il feuilleta presque compulsivement cet ouvrage dont la première édition devait bien dater de plus de cinquante ans. Et il le mit précieusement de côté.

Le soir même, une fois sa journée de labeur terminée, il sentit renaître en lui un peu d'espoir. Faire le tri dans les affaires de sa mère lui avait fait le plus grand bien. Comme si, en manipulant les effets qui lui avaient appartenu, il avait pu ressentir sa présence une dernière fois. Requinqué, il prit une douche et se prépara son dîner préféré – des tacos à la viande hachée et au guacamole –, le seul repas qu'il réussit à avaler de bon cœur depuis plusieurs jours. À la suite de quoi, confortablement installé dans son lit, il se saisit du livre et en commença la lecture.

– 5 –
Oglala

Quand on me demande : « Êtes-vous un Indien d'Amérique ? », en général je réponds : « Je ne suis ni un Américain, ni un Indien. Je suis un Lakota. »

White Bird

Depuis la nuit des temps, les Sioux, *Lakotas* dans leur langue, s'appellent entre eux « le peuple des sept feux ». Parce qu'à l'origine de la lignée il y avait un seul peuple divisé en sept tribus : les Brûlés, les Oglalas, les Sans-Arc, les Hunkpapas, les Miniconjous, les Sihasapas et les Two Kettles.

En lakota, *Oglalas* signifie « ceux qui se

dispersent », même si aujourd'hui le gouvernement américain, faisant fi de cet atavisme, les a contraints à se réunir dans la réserve de Pine Ridge, dans le Dakota du Sud. Cette réserve, située à la frontière avec le Nebraska et à moins de cent kilomètres du Wyoming, est l'une des plus importantes de la communauté amérindienne. La tribu dont Red Cloud et Crazy Horse furent, au XIXᵉ siècle, les chefs les plus emblématiques compte plus de quarante mille membres. Malgré leur détresse sociale, morale et financière, personne n'a jamais pu annihiler leur identité culturelle.

Les Français furent les premiers Européens à rencontrer les Sioux dans les années 1670, sur la façade occidentale du lac Supérieur. À cette époque, ces derniers étaient regroupés en villages, pratiquant la culture du maïs, la cueillette du riz sauvage et la chasse au bison. Les Français constatèrent avec une forme d'émerveillement qu'en dépit de leur isolement et de leur mode de vie fruste les Sioux semblaient vivre en bonne harmonie. Pas d'exclu ni de sans-abri dans le clan lakota, mais une entraide permanente. Personne n'était laissé sans ressources. Chaque homme était alors un guerrier soucieux de défendre sa tribu et de nourrir sa famille. Chaque femme accomplissait de rudes travaux sans jamais se plaindre de sa condition, ou se consacrait à la fabrication de vêtements, couvertures, sacs et parures. Seuls les vieillards et les enfants, plus faibles, avaient toute latitude de passer leur temps à jouer ou à ne rien faire. Ils vivaient dans des tipis, de grandes tentes de toile faciles à démonter et à déplacer. Souvent, ils avaient un campement d'hiver et un autre d'été, et vivaient ainsi de façon nomade, suivant le déplacement des troupeaux d'animaux sauvages.

Contre des peaux de castors, de loutres ou de bisons, les Français leur permirent d'accéder aux outils, perles et étoffes dont ils avaient besoin. L'effet néfaste de ce premier commerce fut l'introduction de fusils et d'alcool dont les Indiens devinrent peu à peu dépendants.

Chassés par les conflits endémiques autour des Grands Lacs, et les épidémies qui ravageaient les peuplades issues des premières nations, les Lakotas commencèrent leur migration vers l'ouest, créant un véritable empire, repoussant les Crows vers les montagnes Rocheuses et les Pawnees sur la rivière Platte.

Vers 1750, ils traversèrent le Mississippi et envahirent les Black Hills. À l'arrivée des colons américains dans les Grandes Plaines, vers 1830-1840, le territoire sioux s'étendait depuis le Missouri jusqu'aux monts de Little Big Horn, englobant une partie du Minnesota, du Wyoming et du Nebraska. Une alliance conclue avec les Cheyennes et les Arapahos faisait des Sioux la puissance guerrière la plus imposante des plaines du Nord.

Malgré leur nombre, ils avaient la réputation d'être moins cruels que les autres Indiens. Les hommes étaient certes des guerriers, toujours prêts à partir au combat, mais il n'y avait pas d'armée véritable au sein de leur ethnie, plutôt des individualités fortes, toujours résolues à braver le danger pour préserver la pérennité de la tribu. Cueilleurs, chasseurs, pisteurs, tous se souciaient de l'équilibre de la justice à l'intérieur du clan.

Les jeunes, quant à eux, subissaient une éducation basée sur l'endurance, contraints comme les hommes à des rites initiatiques destinés à prouver leur bravoure, telles des baignades dans la rivière en plein hiver, la domestication des chevaux, ou le devoir de survivre seul dans la nature sans aide ni assistance pendant plusieurs jours.

Ainsi vivaient les Lakotas, en harmonie avec la nature et leurs frères et sœurs de sang. Jusqu'à ce qu'un cataclysme vienne perturber ce fragile équilibre et précipite leur chute, comme celle de nombreux indigènes.

Avec la découverte de l'or en Californie en 1848, l'afflux de colons s'accéléra, et les migrants désireux de gagner au plus vite ce nouvel eldorado n'hésitèrent pas à traverser le territoire des Indiens, souvent au péril de leur vie, créant une route de plusieurs centaines de mètres de largeur au milieu des Grandes Plaines. En dépit de leurs bonnes intentions, les Sioux virent d'un mauvais œil ces nouveaux envahisseurs déferler sur leur territoire. Et quand en 1849 les migrants, toujours plus nombreux, transmirent aux Indiens le choléra, et que l'épidémie se répandit comme une traînée de poudre, les tribus décimées, de plus en plus méfiantes envers les Blancs, se révoltèrent. Commença alors une période de trouble, la guerre contre les Blancs alors nommés *Wasichus*.

En 1851, le premier traité de Fort Laramie fut signé avec le gouvernement des États-Unis. En échange de cinquante mille dollars d'annuité pendant cinquante ans et de marchandises, les Indiens voyaient leurs territoires délimités sur une carte, autorisaient la construction de forts et s'engageaient à ne pas attaquer les migrants. Mais le traité ne fut jamais respecté par les Américains. Et de nombreux conflits armés opposèrent leurs soldats aux Indiens pendant toutes ces années. Les massacres de Grattan et de Sand Creek, ainsi que la révolte de Little Crow en furent les preuves les plus illustres.

En 1865, sous la conduite de Red Cloud, la guerre contre les Américains fut déclarée sur la piste de Bozeman.

Les Indiens assaillirent chaque convoi de chariots, les ranches et les relais de diligence, coupant les lignes télégraphiques et attaquant les détachements de soldats. Quatre-vingt-un d'entre eux furent d'ailleurs tués aux environs de Fort Phil Kearny. À la suite de ce massacre, le général Sherman écrivit au président des États-Unis ce mot sans appel : « Nous devons agir impitoyablement face aux Sioux, allant même jusqu'à l'extermination des hommes, femmes et enfants. »

La route n'étant plus praticable, les Américains proposèrent aux Sioux la signature d'un nouveau traité qui leur serait avantageux. Le traité de 1868 leur promettait une immense réserve dans le Dakota, des droits de chasse dans le Montana, et surtout la propriété des terres sacrées des Black Hills. Seuls Sitting Bull et Crazy Horse refusèrent de le ratifier. Signe que tous les Indiens n'étaient pas résolus à subir le joug des Blancs.

– 6 –

Pigeon River

Les hommes qui travaillent ne peuvent rêver. Or la sagesse nous vient par les rêves.

Smohalla, fondateur
de la religion des Rêveurs

D'ordinaire, Richard Adam se réservait les premiers jours de décembre pour aller pêcher truites, ombles et dorés jaunes, non loin de la frontière avec le Canada, un endroit perdu au nord de l'État du Minnesota. Pour s'y rendre, il empruntait la merveilleuse Highway 61, chantée par Bob Dylan, qui longeait le lac Supérieur jusqu'à Thunder Bay. Parvenu à la Pigeon River, quelques dizaines de miles avant Grand Portage, il remontait la piste bordant la rivière éponyme et s'enfonçait au cœur des territoires de la Superior National Forest. Il avait pour habitude de séjourner dans une petite cabane en rondins qu'il louait aux gardes forestiers de la région. Il garait sa voiture au bout de la route carrossable, et finissait le trajet à pied, ce qui lui prenait encore deux bonnes heures. Là, au terme de sa course, il parvenait enfin à un endroit merveilleux, idyllique, sauvage. Un havre de paix perdu en pleine nature. Un lieu qui le ravissait chaque fois et le laissait songeur. Devant lui s'étalaient une large rivière, sa cabane et un flanc de colline sur laquelle poussait une épaisse forêt de feuillus et de conifères. Le décor de la carte postale parfaite, figé pour l'éternité si on oubliait quelques instants le bruit de l'eau et le chant du vent dans la ramure des arbres. C'était le lieu idéal dont il avait besoin chaque année pour se ressourcer, et pour observer l'arrivée de l'hiver.

La Superior National Forest s'étendait sur près de seize mille kilomètres carrés, et comprenait quelque deux mille lacs et rivières. Située sur le Bouclier canadien, elle était recouverte de roches formées par l'érosion glaciaire, ce qui en faisait un paysage au relief mouvementé, mais d'une beauté incroyable. L'automne, la chevelure rouge et or des sorbiers, trembles, érables, chênes et autres bouleaux à papier dessinait sur l'horizon des tableaux incendiaires que l'hiver blanchissait un matin par surprise. C'était cette transition soudaine, ce changement de saison subit, qui le fascinait et qu'il cherchait chaque fois à surprendre.

Le coin était tout ce qu'il y a de plus tranquille. Il n'y croisait pratiquement jamais personne, à part le garde forestier qui chaque année lui remettait les clés de la cabane, deux ou trois bûcherons venus là faire des coupes, et quelques pêcheurs peu diserts, soucieux comme lui de préserver leur tranquillité. En revanche, il n'était pas rare qu'il aperçoive un échantillon de la faune sauvage dont était doté ce territoire préservé. Outre un nombre étonnant d'écureuils et de petits rongeurs, de cerfs de Virginie, d'oiseaux et de rapaces, cette forêt abritait la présence d'espèces plus imposantes, et souvent plus dangereuses pour l'homme. Des lynx, des ours noirs et des loups.

Contrairement aux idées reçues que véhiculaient à tort les contes pour enfants, les ours étaient bien plus à craindre que les loups ou les lynx. Si ces deux derniers se rapprochaient des zones habitées par l'homme, ce n'était pas pour l'attaquer mais pour s'en prendre à son troupeau. À ses moutons, ses poules ou son poisson. En revanche, l'ours, lui, était tout à fait capable de tuer un homme simplement pour protéger son territoire ou sa progéniture.

Tout le monde connaissait l'histoire de Timothy Treadwell, *alias* Grizzly Man, qui avait vécu de longues années parmi les plantigrades en Alaska, jusqu'à ce qu'en 2003 l'un d'entre eux finisse par les attaquer, lui et sa compagne, et les dévore tous les deux. Une fin tragique et cruelle à laquelle voulait à tout prix échapper Richard Adam. Même si, jusque-là, il avait toujours refusé de posséder une arme pour se défendre en cas d'attaque.

La cabane, quant à elle, était plutôt du genre spartiate, bien qu'elle disposât du confort minimum. Un lit, un poêle à bois, un coffre pour entreposer les bûches, une petite fenêtre composée de quatre croisillons vitrés, un garde-manger creusé dans le sol, une table, deux bancs en bois, un portemanteau, et c'était à peu près tout. Au-dehors, il y avait un canoë en fibre synthétique posé sous la sous-pente du toit, juste à côté de la réserve de bois, une embarcation légère idéale pour le canotage sur la rivière et le petit lac qui se trouvait à quelques centaines de mètres en amont. À l'arrière de la cabane, abritées par quelques planches et une modeste porte sur laquelle était découpé un cœur, des toilettes sèches conféraient à l'ensemble un air de commodité rustique, certes, mais indispensable. Une lampe-tempête accrochée au-dessus de la porte d'entrée finissait d'apporter une touche de modernité à l'ensemble. En somme, la vie d'un trappeur. Ni eau ni électricité, mais de quoi survivre en toute saison, et par tous les temps. L'évasion garantie sur facture.

Richard Adam n'aurait jamais songé à s'en plaindre, car c'était tout ce qu'il venait chercher en cet endroit. Pas du confort, mais de l'authenticité. Et un plaisir simple et cependant lumineux qui se traduisait par des étincelles de magie qui, en ville, n'auraient eu aucune prise sur son esprit à la Thoreau[1]. Le bonheur de faire un feu de cheminée et de voir, des heures durant, les folles sarabandes des flammèches d'or du brasier danser devant ses yeux. La joie inouïe de goûter

1. Henry David Thoreau (1817-1862) est un philosophe américain naturaliste connu pour son récit *Walden ou la vie dans les bois,* dans lequel il relate son choix de tourner le dos à la civilisation pour vivre au plus près de la nature.

au silence et de lire un bon livre, le soir venu, à la lueur d'une bougie. L'étonnement toujours renouvelé du spectacle qu'offrent le ciel et ses myriades d'étoiles illuminant la nuit comme de minuscules flambeaux perdus dans l'immensité. La satisfaction de se réveiller à l'aube et de regarder le soleil enflammer l'horizon, créant sur le sol gelé de délicates arabesques de vapeur. Arpenter la colline et se régaler de quelques baies recouvertes de rosée, encore glacées par la fraîcheur de l'aube. Se porter au sommet d'une montagne pour contempler l'infini de l'horizon. Suivre les traces d'un cerf de Virginie et apercevoir furtivement sa silhouette avant qu'elle ne disparaisse dans les profondeurs de la forêt. Observer le ballet d'un papillon dans un éclat de lumière. Voir apparaître les premiers flocons de neige tombant en tourbillon, et observer leurs cristaux si magnifiquement sculptés s'étoiler sur le sol. Surprendre la première truite sautant hors de l'eau, et être aveuglé par son éclat vif-argent dans un rai de soleil, ou le premier doré jaune mordant à l'hameçon et tournant en rond dans la nasse. Autant de bonheurs simples qu'il captait avec un ravissement non dissimulé. En somme, goûter à la douceur de vivre.

En dépit de cette troublante solitude, il ne se

sentait absolument pas seul. Il y avait la présence des animaux, le chant de la rivière et celui des oiseaux, le bruit du vent dans les branches, les personnages des livres qu'il lisait et qui l'accompagnaient bien au-delà de leur simple lecture, le feu crépitant dans le poêle, le bois craquant dans la chaleur des flammes, et les flammes dansant dans la pénombre à peine troublée par la lueur tremblante d'une bougie. Le calme et la sérénité.

En principe, il y restait une huitaine de jours dans une solitude totale. Il s'interdisait de troubler sa thébaïde et de rejoindre la ville de Grand Portage, même s'il lui manquait quelque chose d'absolument nécessaire, comme des piles de rechange pour sa lampe frontale, ou assez d'hameçons pour finir sa campagne de pêche. En véritable homme des bois, il préférait se débrouiller avec un hameçon de sa fabrication, et s'éclairer à la bougie. Il en avait amené tout un stock qu'il conservait précieusement dans le garde-manger cadenassé et grillagé pour que les rongeurs, hôtes indésirables mais récurrents dans ces contrées sauvages, ne les dévorent pas toutes.

S'il avait pu rester à cet endroit sa vie durant, nul doute qu'il aurait été heureux. Mais à un moment ou à un autre, l'appel de la civilisation le poussait à retourner en ville pour se régaler d'un bon steak accompagné d'une bière bien fraîche, ou voir à quoi ressemblait un visage humain autre que son propre reflet dans le miroir. Malgré cela, il aimait y retourner chaque année. C'étaient les seules vacances d'hiver qu'il s'accordait, et en général tout se passait bien. Jusqu'à l'année précédente, où il avait failli y laisser la vie.

Au retour d'une partie de pêche en solitaire sur le lac, il était tombé nez à nez avec un ours noir. Ce qu'il craignait par-dessus tout était arrivé. La bête, immense, s'était dressée devant lui, en grognant. Il avait eu la frayeur de sa vie et, il le savait, avait très mal réagi. Au lieu de rester immobile et d'attendre que l'ours, une fois sa supériorité acquise, se lasse et rebrousse chemin, il avait fui en courant vers la rivière. C'était la pire chose à faire, car un tel animal rejoint n'importe quel homme à la course, et une fois qu'il le tient entre ses griffes, le déchiquette d'un coup de patte bien ajusté.

Par miracle, cette fois-ci l'ours ne l'avait pas pris en chasse, et Richard Adam avait pu rejoindre son canoë et s'enfuir à temps. Mais incapable de gérer son stress, il avait pagayé à une si grande vitesse pour s'éloigner au plus vite du danger qu'il avait fini par tomber dans la rivière. Une embardée avec le canoë et il s'était retrouvé trempé jusqu'au cou. Cela aurait pu avoir des conséquences très graves, car en cette saison les eaux de la Pigeon River sont glacées, et une baignade prolongée est souvent fatale. Par bonheur, il n'avait pas cédé davantage à la panique une fois dans l'eau. Il n'avait pas lâché la pagaie qu'il tenait à la main et, bon nageur, avait réussi à retourner aussitôt l'embarcation et à se hisser à bord à la force des bras. Puis il avait pagayé sans relâche pour rejoindre la rive.

Une fois de retour à la cabane, il avait allumé un feu de tous les diables dans le poêle, et s'était défait de ses habits trempés, ce qui l'avait sauvé de l'hypothermie.

Il avait resongé à la rencontre avec l'animal, et ne comprenait toujours pas pourquoi ce dernier ne l'avait pas pourchassé. Depuis, ce souvenir de l'ours le hantait. Cette fois-ci, c'était décidé, il se procurerait une arme. Même s'il avait toujours minimisé l'incident, il prenait soudain conscience qu'il aurait très bien pu y laisser sa peau.

– 7 –
Winchester

La terre est notre corps. Notre esprit vient du soleil et notre pensée est une étincelle de soleil.

Anonyme

Cette année, la mort de sa mère avait tout bouleversé. Richard Adam avait beau être un homme d'âge mûr, un colosse aux muscles et aux nerfs d'acier, il n'était pas immortel pour autant. Et il devait réfléchir à ce qui était important. Il eut alors comme une révélation. Il comprit que, pour une fois, il n'irait pas à la cabane, mais il se rendrait à la réserve indienne de Pine Ridge. C'était à lui d'aller répandre les cendres de sa mère sur les terres de ses ancêtres, et à personne d'autre. L'occasion était trop belle. La cabane pouvait attendre encore un an. D'autant qu'il se voyait mal manquer à sa parole. Nul doute qu'alors Tallulah le pourchasserait de sa vengeance jusque dans ses rêves.

Bien sûr, il ne connaissait personne à Pine Ridge, mais après avoir lu le livre sur les Oglalas, la curiosité devint si forte qu'il décida de partir sur un coup de tête dès le lendemain, alors qu'en principe il devait travailler jusqu'à la fin de la semaine. Aussi appela-t-il son patron pour lui signifier qu'il décalait la date de ses congés. Il espérait que son employeur ne se montrerait pas trop sourcilleux sur ce changement de dernière minute et qu'il lui accorderait cette faveur.

Jim Nashe était un patron humain, mais dur en affaires. Il avait créé son entreprise à force de travail et d'opiniâtreté, avait embauché une quinzaine de charpentiers et, malgré ses vingt ans d'ancienneté dans le métier, savait combien demeure fragile l'équilibre financier d'une société. Nul doute qu'en procédant de la sorte son employé prenait le risque de voir sa demande repoussée. Mais il était trop tard pour renoncer, aussi décrocha-t-il son téléphone et composa-t-il le numéro du bureau.

Lorsqu'il parvint à le joindre, l'homme refusa d'emblée, prétextant un chantier à finir en urgence. Mais quand Richard Adam lui parla d'un voyage initiatique destiné à honorer la mémoire de sa mère, le ton de Jim Nashe changea. Il semblait visiblement troublé. Lui aussi avait perdu sa mère peu de temps auparavant, et ce soudain rappel l'amadoua si brusquement que l'intéressé comprit qu'il avait gain de cause.

– C'est d'accord. Tu peux partir demain, puisque tu en ressens le besoin. Je préfère te trouver un remplaçant une semaine plutôt que de te voir te morfondre au travail… Mais puisque tu pars plus tôt que prévu, tu dois aussi rentrer plus tôt. Je t'attends jeudi prochain sur le chantier.

Richard Adam exulta intérieurement.

– Pas de problème. Je serai là jeudi.

– Profite bien de ce voyage, ajouta encore son patron d'une voix rendue doucereuse par l'émotion. Et quand tu seras là-bas dans la réserve, envoie-moi une carte postale. J'ai toujours rêvé d'aller rendre visite aux premières nations d'Amérique.

– Je n'y manquerai pas, monsieur Nashe, lui promit-il en soupirant.

Puis il raccrocha et comprit que plus rien ne pourrait l'arrêter.

Ensuite, il se rendit en ville, passa au centre funéraire récupérer l'urne, et occupa le reste de la matinée à faire quelques courses. Il savait que le Dakota du Sud était une terre aride et sauvage, et il ne tenait pas à débarquer habillé en citadin aux premiers jours de décembre.

Il disposait d'une veste chaude matelassée qu'il utilisait la plupart du temps quand il campait. En revanche, ses chaussures n'avaient pas supporté sa dernière odyssée au bord du lac, quand il était tombé à l'eau. Il avait commis l'erreur de les faire sécher trop près du feu. Sous l'action de la chaleur, le cuir s'était rigidifié et les coutures avaient éclaté. Ne disposant que d'une paire de baskets de rechange alors qu'au-dehors la neige s'amoncelait, il en avait été quitte pour abandonner la cabane et rejoindre la civilisation plus tôt que prévu.

Pour ne pas avoir à écourter une nouvelle fois ses vacances, il fit l'acquisition d'une bonne paire de chaussures d'hiver. Et, dans la crainte de rencontrer de nouveau un animal sauvage, il se rendit à l'armurerie du centre-ville et opta pour un fusil de chasse, une Winchester de calibre 16, une arme plutôt légère et très maniable pour un novice.

De quoi se prémunir contre l'adversité.

– 8 –

Sioux Falls

Tout ce que fait l'Indien, il le fait dans un cercle. Le ciel est rond et j'ai entendu dire que la Terre est ronde comme une balle et les étoiles aussi. Le vent, dans sa plus grande puissance, tourbillonne. Les oiseaux font leur nid en rond car leur religion est la même que la nôtre. Le Soleil s'élève et redescend dans un cercle. La Lune fait de même, et ils sont ronds l'un et l'autre. Même les saisons, dans leur changement, forment un grand cercle et reviennent toujours où elles étaient. La vie d'un homme est un cercle d'enfance à enfance, et ainsi en est-il de toute chose où le pouvoir se meut.

Black Elk

Le mercredi matin, Richard Adam quitta Duluth au volant de sa vieille Chevrolet Cavalier, et prit la route de Pine Ridge. La guimbarde était solide, même si elle affichait déjà cent cinquante mille miles au compteur. Hormis quelques taches de rouille sur les ailes et une peinture défraîchie sur le toit, elle avait encore fière allure. Son seul point faible était le coffre, devenu inutilisable depuis qu'un camion l'avait embouti à un feu rouge, pulvérisant la serrure et en bloquant le mécanisme d'ouverture.

Il entassa donc ses affaires sur la banquette arrière, s'installa au volant et démarra en direction de la réserve. À part son employeur et les Dawson, il n'avait prévenu personne de son départ. D'ailleurs, qui aurait-il pu alerter ? Il n'avait pratiquement pas d'amis, ne fréquentait guère ses collègues en dehors du travail, et n'avait aucune envie d'informer ses rares connaissances sur sa nouvelle destination. Quant aux membres de sa famille, après la dernière scène qu'il leur avait fait subir, il n'était même pas envisageable de songer à reprendre contact avec eux. Il était donc plus sage de faire croire à tous qu'il partait à la cabane de Pigeon River, comme chaque année à cette période.

D'ailleurs, c'est sans doute ce que tout le monde pensait. Après un deuil, rien de mieux que de se retrouver seul, au beau milieu de la nature, à réfléchir sur la fragilité de l'existence.

Ce matin-là, il faisait un peu frisquet pour la saison. Le thermomètre indiquait cinq degrés en dépit du soleil brillant dans le ciel, inondant de ses rayons les rougeurs des feuillages. Comme il avait devant lui une journée entière de conduite avant de faire une halte pour la nuit, il décida de passer le temps en écoutant un peu de musique sur son autoradio. Il avait en tout et pour tout trois CD dans sa voiture : « Cold Fact » de Sixto Rodriguez, le best of de Creedence Clearwater Revival de *Bad Moon Rising* à *Up around the Bend*, et « Songs from a Room » de Leonard Cohen. Il était capable de les écouter en boucle, sans jamais se lasser. Il ne lui serait pas venu à l'idée d'en changer, et comme il roulait bien souvent seul, personne ne s'en était jamais plaint. La seule chose qu'il ne supportait pas, c'était que quelqu'un parle pendant leur écoute. Ce manque de respect envers des artistes de cette envergure le mettait hors de lui.

En passant par Saint-Paul, il s'arrêta prendre

un sandwich et un café dans une station-service. Alors qu'il était penché sur le capot de sa voiture à étudier le trajet sur une carte routière, un homme l'aborda.

– Bonjour l'ami. Vous n'iriez pas à Sioux Falls, par hasard ?

Richard Adam leva la tête, et arbora un air taciturne et renfrogné. Encore une sangsue, pensa-t-il. Et il détestait qu'on l'appelle ainsi, surtout venant d'un inconnu.

– Je ne vous connais pas. Vous ne pouvez donc pas être mon ami.

Le jeune homme, habitué à se faire rembarrer, ne se démonta pas.

– C'est possible, mais je peux très vite le devenir. Alors, vous y allez ou non ?

– Peut-être. Mais qu'est-ce que ça peut vous faire ?

– Si vous pouviez m'emmener, ce serait vraiment chouette. Cela fait trois heures que je suis sur ce parking à attendre que quelqu'un prenne cette direction. Et lorsque je vous ai vu, j'ai tout de suite compris que vous vous y rendiez.

Tout en sirotant son café, Richard Adam considéra l'auto-stoppeur avec amusement. Après tout, il avait su toucher la corde sensible, bien qu'il préférât un autre terme pour désigner son peuple.

– Je ressemble donc tant que ça à un Lakota ?

Le jeune homme esquissa un sourire.

– Oui. En tout cas, vous avez une tête à aller à Sioux Falls, ou dans les environs.

Cela le perturba un peu, mais il faut dire que ce gamin était diablement perspicace. Il hésita encore un instant, puis la pitié eut raison de lui.

– Allez-y, montez. Mais je vous préviens : à la moindre incartade, je vous dépose sur le bord de la route.

– Merci beaucoup, fit le jeune homme en lançant son sac à dos sur le siège arrière. Tout se passera bien, vous verrez.

La Chevrolet reprit donc la route vers le Dakota du Sud. Les premiers kilomètres, l'auto-stoppeur tenta d'engager la conversation, mais elle tourna vite au monologue. Richard Adam ne répondait à ses questions que par des grognements inaudibles, au mieux par des monosyllabes.

– Vous venez de loin ?

– Duluth…

– Et vous continuez après Sioux Falls ?

– Possible.

– Vous êtes en vacances ?

– Ouais.

– Moi, je vais voir mes parents là-bas. Ils habitent en périphérie de la ville. Cela fait trois mois que je ne les ai pas vus.

– …

– Vous avez encore vos parents ?

– Non.

Visiblement, le conducteur de la Chevrolet n'avait nulle envie de parler. Il y eut un silence gêné, jusqu'à ce que Richard Adam engage un CD. La voix chaude de Leonard Cohen en fond sonore sembla détendre l'atmosphère. À son grand dam, l'auto-stoppeur émit un avis pendant que le chanteur canadien déclamait *The Partisan.*

– Vous aimez cette musique ?

Aucune réponse.

– Oui, bien sûr, vous l'aimez, reprit le jeune homme sans se douter un seul instant du sacrilège qu'il était en train de commettre. Mais c'est un peu triste, vous ne trouvez pas ?

Cette fois, Richard Adam sortit de son mutisme. Soit il éjectait cet importun sur-le-champ, soit il lui donnait une bonne leçon. Il choisit finalement la seconde option.

– C'est pour ma mère.

Il ajouta encore en jetant un regard dans le rétroviseur :

– Elle aime bien l'écouter. N'est-ce pas, maman, que tu aimes bien ça ?

L'auto-stoppeur fut traversé d'un frisson d'inquiétude.

– À qui parlez-vous ?

– À ma mère.

Le jeune homme commença à rire jaune.

– Vous me faites marcher. Nous ne sommes que deux dans cette voiture.

– Erreur. Nous sommes trois.

– Mais vous venez de me dire que vous n'aviez plus vos parents.

– Je ne vous ai pas menti. Pourtant ma mère voyage avec moi.

Un dingue. Il avait fallu qu'il tombe sur un dingue. Un de ces dérangés qui écument les routes des États-Unis, à la recherche de leur proie.

– Elle est assise sur la banquette arrière, juste à côté de la Winchester.

– Quoi ? Qu'est-ce que vous dites ? éructa l'auto-stoppeur d'une voix blanche.

Et, glacé d'horreur, il se retourna et découvrit l'urne funéraire coincée entre un sac et une arme de calibre 16. Il déglutit et, après avoir jeté un regard horrifié au conducteur qui jubilait dans son for intérieur mais ne montrait qu'une mine impassible et un air revêche, lui demanda du bout des lèvres :

– Dites, ça ne vous ferait rien de me déposer ici ?

– C'est que nous ne sommes pas encore arrivés à Sioux Falls.

– Aucune importance. Laissez-moi n'importe où, le plus vite possible... Je... Je ne me sens pas bien.

– Quelque chose que vous n'avez pas digéré ?

– S'il vous plaît, laissez-moi descendre. Je vous en prie...

Richard Adam s'amusa de ce qui devait trotter dans sa tête. En ce moment, il devait se dire : « Ce type est un psychopathe. Hors de question que je reste un instant de plus en compagnie d'un gars assez perturbé pour parler à une urne funéraire calée contre un fusil de chasse, et à qui il fait écouter du Leonard Cohen. »

Lassé de ce petit jeu, et surtout soucieux que l'auto-stoppeur ne finisse pas par vomir sur son siège passager, il obtempéra. Il se rangea sur le bord de la route, quelque part dans un coin perdu en rase campagne. Le jeune homme se saisit de son sac à dos et descendit en trombe du véhicule.

– Vous êtes certain de ne pas vouloir aller à Sioux Falls ?

– Non merci. Je ne suis pas pressé. Et j'ai vraiment besoin de prendre l'air.

– Comme vous voudrez.

Richard Adam, ravi du bon tour qu'il venait de lui jouer, lui adressa un léger signe de la main. Puis il appuya sur l'accélérateur et reprit la route, enfin seul et tranquille. Il devait longtemps garder en mémoire le visage du gamin, pétrifié de terreur abjecte. S'il n'avait été d'humeur maussade, nul doute qu'il aurait ri de bon cœur de cette farce.

Le reste du voyage se passa sans incident notable. Il put ainsi écouter son CD sans être dérangé par des remarques intempestives. Serein, il plongea vers la frontière de l'Iowa, avant de bifurquer vers l'ouest jusqu'à l'entrée dans le Dakota du Sud. Là, parvenu à Sioux Falls, il se restaura dans un *diner*, où il commanda une bière et un hamburger, et choisit de dormir dans un motel bon marché non loin de la sortie de la ville. Ainsi, il serait sur la bonne trajectoire pour repartir aux premières heures du jour.

Le lendemain jeudi, premier jour de décembre, le froid se fit encore plus incisif, et un léger voile nuageux s'installa dans les Grandes Plaines. Richard Adam reprit la route toujours plus à l'ouest jusqu'à Murdo, avant de s'enfoncer vers le sud pour rejoindre Pine Ridge, peu avant la frontière avec le Nebraska.

Il croisa encore quelques auto-stoppeurs, mais cette fois il ne réitéra pas l'expérience. La comédie l'avait amusé, mais les blagues les plus courtes étaient les meilleures. Et il tenait absolument à écouter ses deux autres CD sans être dérangé. Ce qu'il fit, en poursuivant par Creedence Clearwater Revival et le jeu de guitare tonique et entêtant de John Fogerty, et en terminant par la douceur suave de « Cold Fact ». Une chanson de Sixto Rodriguez, en particulier, le touchait. Celle appelée *Cause*. L'histoire d'un pauvre type qui perdait son job deux semaines avant Noël et ne s'en remettrait pas. Les accords lancinants et la voix grave de Sixto résonnèrent longtemps à ses oreilles. Il espérait seulement que pareille aventure ne lui arriverait pas. Même si rien n'était impossible. Dans la vie, tout pouvait basculer à tout moment, et pas toujours dans la bonne direction. Et, qu'il le veuille ou non, il possédait quelque chose du chanteur dans l'allure et le regard, on le lui avait souvent dit.

Toutes ces pensées traversèrent son cerveau tandis qu'il parcourait la route le menant à Pine Ridge. Cela lui faisait un bien fou. Et lui permettait un instant d'éviter le chagrin du deuil. D'ailleurs, dès l'instant où il avait posé ses fesses sur le cuir de son siège et allumé le moteur de sa Chevrolet, il s'était senti mieux. Il en était presque à regretter de ne pas avoir entrepris plus tôt ce voyage. La route est longue qui mène aux origines de toute chose, et chaque être qui ose se retourner sur lui-même est en proie au poison de la nostalgie. C'est aussi le moyen de faire table rase du passé, et de prendre du recul.

Même un type aussi taiseux que lui n'échappait pas à la règle. Il revenait aux sources. Comme si, de nouveau, il se trouvait dans le ventre de sa mère.

– 9 –

Pine Ridge

Les Indiens d'Amérique vivent en moyenne six ans de moins que les autres Américains. Ils ont 52 % de risque en plus de mourir de pneumonie et de grippe. 280 % de mourir d'accident. 420 % de mourir de diabète. 665 % de mourir de tuberculose. 770 % de mourir d'alcoolisme.

Commission des États-Unis
sur les droits civils

Quand il pénétra dans la réserve, Richard Adam fut frappé par le silence qui y régnait. On aurait dit un territoire peuplé de fantômes. Des champs d'herbes folles balayées par le vent à perte de vue, avec çà et là des nuages de poussière tourbillonnant dans les airs. Et au loin quelques chevaux parqués dans un pré.

Sous la pancarte indiquant PINE RIDGE INDIAN RESERVATION, la bannière d'un drapeau américain renversé claquait dans la bourrasque. Or, dans la Constitution américaine, il est interdit d'exhiber un drapeau à l'envers, sauf en cas de détresse absolue, sorte de SOS à destination d'un éventuel secours…

Au loin, on pouvait apercevoir les cimes érodées des Badlands et la ligne sombre des Black Hills, semblables à un trait noir posé sur le fil de l'horizon. La raison en était la chevelure des pins dominant la crête des collines et lui conférant cette silhouette inquiétante, quasi animale. Seul le bruit du vent, soufflant sur cette terre dévastée en spirales infernales, parvenait à déchirer la toile du silence.

Il roula jusqu'à la petite bourgade de Pine Ridge en contemplant ce paysage lunaire et pourtant sublime. La ville, perchée à près de mille mètres d'altitude, comptait à peine plus de trois mille habitants, dont une grande partie vivait dans des logements sociaux, ou dans des bungalows et baraquements vétustes disséminés de part et d'autre de la route. L'hiver, ici, était tout ce qu'il y a de plus rude. À cause de l'altitude, il n'était pas rare que le thermomètre avoisine les moins vingt degrés. Malgré l'intensité du froid, il aperçut des vieillards et des enfants traîner dehors, comme s'il s'était agi là de leur terrain de jeu naturel. Tous le regardèrent passer, seule attraction touristique de la journée, puis retournèrent à leur torpeur. Ils semblaient shootés – sac de colle ? canettes de bière ? Il n'aurait su le dire. Pour l'avoir lu dans les journaux, il savait que près de 80 % des habitants de la réserve étaient au chômage et, par conséquent, victimes de l'alcoolisme et de la consommation de drogues. Mais ce qu'il ignorait, c'est que les ravages de tels fléaux se déroulaient au grand jour.

Parvenu au cœur de la localité, il gara sa Chevrolet devant le bâtiment du bureau fédéral. Avant de sortir du véhicule, il scruta les alentours. Il avait l'impression d'avoir fait un bond d'un siècle en arrière. Trois Indiens marchaient le long de l'avenue, le dos courbé et le pas lent, un ivrogne était avachi sur un banc, et des enfants jouaient près d'une bouche d'incendie. À part ça, tout semblait mort, inerte, désert.

Richard Adam s'approcha de l'ivrogne, intrigué, et découvrit qu'il tenait à la main une cigarette encore allumée. L'homme s'était endormi, et le bout incandescent était près de lui brûler les doigts. Il tendit la main vers lui, et soudain il y eut une étincelle et un nuage de fumée. La cigarette s'embrasa et se volatilisa. Il n'en resta bientôt qu'un petit tas de cendres. L'ivrogne ne s'était même pas réveillé. En revanche les gosses près de la bouche d'incendie n'avaient pas perdu une miette de la scène à laquelle ils venaient d'assister.

– Comment avez-vous fait ça ? demanda l'un d'eux, bouche bée. Vous êtes magicien ?

Mais l'homme au chapeau noir ne répondit pas. Il se contenta de les saluer en portant sa main au revers de son chapeau et, sous leurs yeux ébahis, s'engouffra dans le bâtiment fédéral.

Une fois à l'intérieur, il se dirigea vers l'accueil. Une employée qui faisait office tout à la fois de secrétaire administrative, d'assistante sociale et d'hôtesse d'accueil le reçut avec courtoisie.

– Bonjour. Que puis-je pour vous ?

Il s'approcha, salua à nouveau d'une main sur son chapeau, et s'éclaircit la gorge.

– Bonjour. Je suis à la recherche de renseignements.

– Je vous écoute.

Il prit sa respiration, comme s'il craignait de manquer de souffle à prononcer une phrase aussi longue.

– C'est au sujet de ma mère, Tallulah Tecumseh, qui a vécu il y a de nombreuses années ici même, dans la réserve de Pine Ridge.

L'employée le regarda avec bienveillance et lui demanda aussitôt :

– Que voulez-vous savoir, au juste ?

– S'il est possible de retrouver une trace d'elle…

– Je vais voir ce que je peux faire pour vous. Mais je ne vous promets rien… Avant toute chose, il me faut votre pièce d'identité.

Il extirpa de son portefeuille le document en question et le tendit à la jeune femme.

– Richard Adam, fils de Tallulah Tecumseh. Et vous dites que votre mère est née à Pine Ridge ?

– Oui. Il y a soixante-cinq ans de cela.

L'employée lança une première recherche qui s'avéra infructueuse.

– Je suis désolée. Les fichiers informatiques ne remontent pas aussi loin dans le temps.

– Je m'en doutais.

Devant la mine dépitée de l'employée, l'homme au chapeau noir rebondit sur une note d'espoir :

– En revanche, il lui reste peut-être de la famille.

Même si, pensait-il, tout le monde devait être mort depuis longtemps, et le nom des Tecumseh, disparu depuis des lunes.

– Nous allons le savoir rapidement, dit encore l'employée, avant de lancer une nouvelle recherche sur son ordinateur.

En quelques secondes à peine, elle obtint une réponse.

– Vous avez de la chance. Apparemment, il reste une personne de ce nom dans la réserve.

– C'est déjà bien… Je n'en espérais pas tant.

– Elle habite Pine Ridge. Voulez-vous ses coordonnées ?

– Oui, bien entendu.

– Elle se nomme Olowan Tecumseh et loge 101, Badlands Avenue.

L'employée nota toutes ces informations sur un Post-it qu'elle lui tendit. Il s'en saisit et relut le nom à plusieurs reprises. Maintenant qu'il l'avait sous les yeux, cela lui revenait. Sa mère lui avait parlé à plusieurs reprises de la plus jeune de ses sœurs, de vingt ans sa cadette, qui portait ce prénom. Elle avait donc, à peu de chose près, le même âge que lui. Une sœur de sang en quelque sorte.

– Je vous remercie. Vous avez été très efficace.

– Ce n'était pas si compliqué.

Richard Adam salua, prêt à s'en aller, quand la jeune femme ajouta :

– Attendez, je vais vous expliquer comment vous y rendre. Ce n'est pas très loin d'ici, mais vous risqueriez de vous perdre.

Elle se leva de son siège, sortit de son tiroir un plan de la ville, et lui indiqua la route à suivre.

La dernière représentante de la famille Tecumseh résidant dans la réserve habitait juste à la sortie de la ville, dans un quartier pavillonnaire, à dix minutes en voiture.

C'était la première fois depuis bien longtemps que Richard Adam se sentait secouru par quelqu'un, qui plus est du même sang que lui. Avant de quitter le bâtiment fédéral, il demanda encore :

– Une dernière chose. Savez-vous où je peux trouver une armurerie ?

Il venait de se souvenir qu'il ne disposait que d'une boîte de cartouches de calibre 16 pour sa Winchester, et ne voulait pas se trouver démuni si d'aventure il se retrouvait de nouveau face à un animal sauvage. Le visage de l'employée devint blême. Malgré l'incongruité de la question, elle parvint toutefois à garder une certaine contenance, et répondit du bout des lèvres :

– Il n'y en a pas ici. En principe, les ventes d'armes et de munitions sont interdites sur la réserve. Je suis désolée.

– Ne le soyez pas. Il n'y a vraiment pas de quoi. Vous m'avez déjà été d'une grande utilité. Richard Adam fit alors volte-face et sortit du bâtiment fédéral à pas lents et mesurés. Mais sa tranquillité fut de courte durée.

À peine eut-il le temps de poser la main sur la portière de sa voiture que deux policiers surgirent de nulle part et le plaquèrent sur le capot.

– Bouge pas, l'ami, si tu tiens à la vie !

Richard Adam ne tenta aucune résistance. Il savait que cela ne servirait qu'à envenimer la situation.

– Qu'est-ce qui vous prend ? Je n'ai rien fait de mal, se justifia-t-il pour la forme, tout en laissant les flics le fouiller afin de s'assurer qu'il n'était pas armé.

– Et la Winchester qui est à l'arrière ? Elle est bien à toi, non ?

Richard Adam maudit le jour où il avait embouti ce satané camion. Depuis, il ne pouvait plus rien cacher dans son coffre. Mais il était trop tard pour se plaindre de quoi que ce soit.

– Et alors ? J'ai un permis de port d'armes.

– Peut-être, mais ici, à Pine Ridge, les armes sont interdites.

« Et merde », pensa-t-il.

Une fois leur fouille terminée, il put enfin se retourner et découvrir le visage des deux policiers. Le plus âgé lui demanda ses papiers, tandis que l'autre le tenait en respect avec son arme de poing. Le premier flic lui rendit son permis de conduire et, tout en lui adressant un procès-verbal, lui souffla au visage :

– Bienvenue à Pine Ridge, monsieur Adam !

– 10 –

Olowan

Enfant, je savais donner. J'ai oublié cette grâce depuis que je suis devenu civilisé. J'avais un mode de vie naturel, alors qu'aujourd'hui il est artificiel. La moindre pierre avait une valeur à mes yeux, chaque arbre qui poussait était un objet de respect. Maintenant, je m'incline avec l'homme blanc devant un paysage peint dont on estime la valeur en dollars.

Ohiyesa

Richard Adam ne perdit pas de temps à parlementer avec les policiers. Jusque-là, il n'avait pas eu à se plaindre du comportement des autorités à son égard, n'ayant jamais eu maille à partir avec un quelconque représentant de la loi. Mais ici il savait que la donne avait changé. Pour les policiers, il était un Indien comme les autres, et il n'avait donc aucune sollicitude à attendre de leur part.

Avant de pouvoir recouvrer la liberté, il dut s'acquitter d'une amende de soixante-quinze dollars, qu'il paya sans broncher. Son odyssée dans la réserve commençait décidément très mal.

À défaut d'armurerie, Richard Adam tenta de dénicher un fleuriste dans la grand-rue. Comme il n'en trouvait pas, il se rabattit sur un vendeur à la sauvette à qui, contre quelques dollars, il acheta un bouquet de pensées sauvages dont la couleur oscillait entre le parme et le jaune citron. Puis il retourna à sa voiture, rangea sa Winchester sous le siège passager, bien à l'abri des regards, et reprit la route en direction du 101, Badlands Avenue.

La demeure d'Olowan Tecumseh, à l'image de la majeure partie des habitations de ce quartier périphérique de Pine Ridge, était un cube de bois sans charme particulier, recouvert d'un bardage horizontal peint en bleu pastel. Un logement social identique à des dizaines d'autres, dont le seul intérêt était sans doute le confort moderne et la modicité du loyer. Une boîte aux lettres blanche indiquait le numéro 101. Il était bien à la bonne adresse.

Devant la maison, au beau milieu d'une pelouse jaunie, une ribambelle de jeunes enfants et de chiens se couraient après, dans une sorte de jeu du chat et de la souris. Cris et jappements. Rires et aboiements. Tout cela créait un brouhaha qui, étrangement, ressemblait à de la vie.

Richard Adam gara sa Chevrolet à quelques pas de là, devant une palissade en bois, se saisit des fleurs sauvages, sortit du véhicule et gagna la maison. Mais les chiens se précipitèrent vers lui et le tinrent en respect tous crocs dehors, l'empêchant d'avancer. Le plus menaçant d'entre eux avait les canines acérées et l'écume à la gueule. Les enfants, eux, se volatilisèrent comme une nuée de moineaux.

Richard Adam demeura de longues secondes dans cette situation embarrassante et, à vrai dire, un peu ridicule, sans oser faire un pas de plus. Jusqu'à ce qu'une femme vêtue d'un vieux jogging sorte enfin de la maison, siffle les chiens, et lui demande d'une voix rendue rauque par l'abus de nicotine :

– Vous cherchez quelqu'un ?

– Oui. Une certaine Olowan Tecumseh.

– C'est moi, répondit-elle, étonnée. Que… Que me voulez-vous ?

Elle semblait sur ses gardes. Elle ne l'avait jamais vu auparavant, pourtant son visage lui paraissait étonnamment familier. Il tenta de la rassurer.

– N'ayez pas peur. Vous n'avez rien à craindre de moi. Je suis de votre famille.

Puis il s'avança vers elle et, lorsqu'il fut enfin à sa hauteur, lui tendit le bouquet qu'il tenait en main, et avoua comme un lourd secret :

– Je me nomme Richard Adam. Je suis le fils de votre sœur aînée Tallulah.

La gêne qui planait dans l'atmosphère se dissipa aussitôt, et le visage d'Olowan se dérida enfin.

– Richard ! Le fils de Tallulah ? Alors tu es mon neveu, c'est bien ça ?

– Oui.

– Oh, sois le bienvenu ! Je suis si heureuse de te rencontrer !

Ils avaient sensiblement le même âge, pourtant elle semblait plus vieille que lui. Comme si le simple fait d'habiter ici, à l'intérieur de la réserve, l'avait usée davantage.

Elle se saisit du bouquet, puis, prise d'un élan d'affection, s'approcha de lui et le serra fort dans ses bras. Richard Adam se laissa faire, même si ce genre d'effusion lui semblait toujours gênant et inapproprié. Après tout, ils ne se connaissaient pas encore. Ressentant son malaise, elle se détacha de lui. Tandis que l'un après l'autre les enfants d'Olowan réapparaissaient comme par enchantement, les plus jeunes se cachant derrière les jupes de leur mère, elle lui demanda :

– Et Tallulah ? Que devient-elle ?

À la mine sombre de l'homme, elle comprit qu'il s'était passé quelque chose de grave. Elle n'insista pas.

– Entre boire un café, et tu m'expliqueras tout ça.

Il la suivit dans la pièce principale où, sous un tableau représentant Sitting Bull, s'entassaient encore d'autres enfants. Certains étaient assis à table, d'autres, vautrés sur le canapé, d'autres encore, allongés par terre. Et, scène insolite qui visiblement n'avait l'air de choquer personne, il y avait même une gamine qui prenait son bain dans le bac à évier, comme s'il s'était agi d'une baignoire.

– Voici Dusti Rose, ma petite dernière,

précisa-t-elle en désignant la gamine. La salle de bains ne dispose que d'une douche, et pas toujours chaude, aussi on a trouvé ce moyen, en tout cas pour les plus jeunes... Excuse pour le désordre, mais c'est toujours comme ça, ici.

– Vous avez... Tu as une grande famille, fit remarquer Richard.

– Oui. En tout, nous sommes douze à vivre dans cette maison.

Il ne put réprimer un sifflement d'admiration.

– Douze ? Vraiment ?

Olowan, qui venait de disposer les fleurs sauvages dans un vase, lui adressa un sourire gêné. Elle posa le tout sur la table et, après avoir sorti Dusti Rose de son étrange baignoire, elle l'enveloppa dans un drap de bain et la frictionna.

– J'ai sept enfants de trois pères différents... Abey, Ama, Yepa, Chumani, Dusti Rose, mes cinq filles, et Dakota et Chapa, mes deux garçons. Et comme si cela ne suffisait pas, j'héberge aussi quatre neveux et nièces, tous orphelins ou feignant de l'être. Ozalee, Kohana, Black Hair et Jumping Eagle.

Elle désigna du regard les adolescents vautrés sur le canapé, dont certains étaient occupés à jouer sur une console.

– Je comprends. En fait, je suis en présence de la bonne samaritaine du quartier.

Elle ne put réprimer un rire. Une fois l'enfant au sec, elle la remit entre les bras d'une de ses filles les plus âgées, et s'occupa enfin de préparer le café.

– Oui, si on veut. C'est du moins ce qui se dit. Mais pas toujours facile de faire bouillir la marmite avec une tribu pareille.

À cet instant, deux autres des plus jeunes, attirés et effrayés par la présence de cet étranger à haute stature, vinrent s'accrocher à ses basques. Elle leur caressa la joue et se mit à sourire. Quand elle releva la tête, son visage fut traversé d'un rayon de lumière. Il vit alors les stigmates de sa vie de forçat. Sa peau était boursouflée, ridée, tavelée par endroits. Elle ne devait pas avoir plus de quarante-cinq ans, pourtant elle en faisait indubitablement plus.

– Voici Jumping Eagle et Black Hair, les deux derniers arrivés. Ce sont les enfants de l'une de mes sœurs qui est décédée l'année dernière.

– De quoi est-elle morte ?

– Overdose. Tu sais, ici, tout tourne autour de la drogue.

Richard Adam les salua d'un geste de la

main. Jumping Eagle était un garçon de six ou sept ans au regard déjà sombre pour son âge. Quant à Black Hair, de deux ans son aînée, elle arborait effectivement une longue chevelure de jais, et possédait un côté espiègle qui n'était pas pour lui déplaire. Puis, considérant de nouveau sa tante, il lui confia :

– Tu as beaucoup de mérite de faire tout ça.

– Je ne sais pas. La vérité, c'est que leur père, abruti par la consommation d'alcool et de stupéfiants, n'était plus en mesure de s'occuper correctement d'eux. Alors ils sont venus tout naturellement chez moi... D'abord pour trouver un peu de réconfort, ensuite parce que, presque chaque jour, il y avait quelque chose à manger, une soupe, un ragoût ou un morceau de pain rassis. Avec le temps, cette maison est devenue la leur, et ils n'en sont plus repartis.

– Et toi, femme au grand cœur, tu n'as jamais eu le courage de les mettre à la porte. C'est bien ça, n'est-ce pas ?

La cafetière était enfin remplie. Elle leur servit à tous deux une tasse avant de répondre :

– Il y a bien des moments où je les chasse d'un coup de torchon comme je le ferais d'une nuée de mouches, mais cela ne sert à rien. Ils reviennent tout aussi vite avec un sourire désarmant… Il n'y a rien à faire contre les nuées de mouches… Voilà pourquoi ma maison est devenue le repaire d'une grande famille comme les Lakotas ont l'habitude d'en avoir. Aimante, bruyante, désordonnée, mais extraordinairement vivante.

Tout en sirotant son café, Richard Adam acquiesça. Au fur et à mesure qu'avançait la conversation, sa tante lui parut une personne de plus en plus exceptionnelle.

– Il n'y a pas d'homme pour t'épauler ?

Olowan fouetta l'air de ses bras pour marquer son indignation.

– Oh, heureusement que non !

– Pourquoi donc ?

– Jusque-là, les hommes ne m'ont procuré que peu de plaisir et beaucoup de déception.

La vérité, c'est que son premier mari lui avait donné quatre enfants, avant de mourir dans un accident de voiture alors qu'il conduisait en état d'ivresse. Le deuxième avait quitté le domicile conjugal peu après la naissance de son cinquième enfant. Quant au troisième, le père des deux derniers, il croupissait en prison pour trafic de drogue, sans espoir de libération imminente.

Olowan n'avait pas eu beaucoup de chance

de ce côté-là, c'était certain. Et pourtant, elle ne paraissait pas s'en plaindre outre mesure. Elle acceptait les coups du sort avec un recul qui forçait l'admiration.

– C'est étrange, fit-elle remarquer après sa deuxième tasse de café, on se connaît à peine et pourtant je te raconte tout ça sans aucune pudeur.

– C'est normal. Cela arrive parfois. C'est ce qu'on appelle les liens du sang.

– Sans doute. Mais cela ne me dit toujours pas pourquoi tu es venu jusqu'ici. Certainement pas pour écouter mes jérémiades.

Richard Adam, bien plus avare de mots que sa tante, ne répondit pas tout de suite. Il laissa passer un long silence avant d'avouer :

– J'ai pris quelques jours de vacances. Je compte bien aller pêcher. Il paraît qu'il y a pas mal de poissons dans le coin.

Comme Olowan semblait ne pas comprendre pourquoi il avait fait autant de route alors que dans sa région les eaux poissonneuses et les forêts giboyeuses ne manquaient pas, il tint à préciser :

– Je suis surtout venu tenir une promesse.

En quelques phrases d'une rare concision, il lui expliqua les raisons de sa présence. Pour preuve de ses dires, il désigna à travers la fenêtre l'urne funéraire qui se trouvait à l'arrière de la Chevrolet garée au-dehors. Olowan accusa le coup. Puis, finalement, elle jugea inutile de pleurer une sœur qu'au fond elle n'avait jamais connue.

– C'est une bonne raison. Après tout, Tallulah était une Tecumseh.

Tout en disant cela, des larmes, qu'elle essuya discrètement d'un revers de la main, lui vinrent aux yeux. Elle aussi était admirative. Elle n'eut soudain plus de doute à son sujet. Richard Adam, homme de parole, agissait en véritable Lakota.

– Alors tu as fait tout ce chemin pour ça. Parce qu'elle te l'avait demandé ?

– Oui. Juste pour lui accorder le repos sur la terre de ses ancêtres.

– Et comment comptes-tu procéder ?

Il marqua un temps d'hésitation.

– Je ne sais pas encore. À vrai dire, je n'y ai pas vraiment songé. Tout ce que je veux, c'est quelque chose de sobre.

Olowan se mit à réfléchir.

– D'accord, mais il te faudra quand même la présence d'un chaman.

L'homme tiqua. Il n'y avait pas pensé.

– Tu es certaine ?

– Oui. C'est la tradition lakota, c'est obligatoire si tu veux que ta mère demeure en paix pour l'éternité.

Que pouvait-il rétorquer à cela ? Le repos des âmes était sacré pour les habitants de la réserve.

– C'est d'accord. Mais où trouver un chaman ?

– J'en connais un, très renommé, qui habite à deux pas d'ici. Il se nomme Little Horse. Demain matin, si tu veux, nous irons lui rendre visite.

Comme il était bientôt l'heure de dîner, Olowan proposa à son hôte de rester, mais, ne voulant pas abuser de son hospitalité, il déclina.

– C'est très gentil à toi, mais je préfère rester seul ce soir. La route m'a fatigué, et je n'ai pas très faim. Une autre fois, si tu veux, à condition que je m'occupe des courses.

– Pas de problème. Tu sais où tu dors ce soir ?

– Non, pas pour l'instant.

– Je te proposerais bien de dormir ici, mais je crains qu'on manque de place.

Il rejeta l'invitation d'un geste.

– Merci, mais je crois que douze personnes,

c'est déjà bien assez… Je pensais trouver un motel dans le coin.

Olowan grimaça.

– L'ennui, c'est qu'il n'y en a aucun dans le secteur. En revanche, j'ai une amie qui loue des chambres dans la grande rue de Pine Ridge. Je te donne l'adresse. Pas le grand luxe, mais c'est bon marché et pas loin d'ici.

– OK. Je logerai là-bas.

Et il partit dans la nuit glacée.

– 11 –
No man's land

Sur les 2,7 millions d'Indiens résidant actuellement sur le territoire des États-Unis, 2,1 millions vivent sous le seuil de pauvreté.

Commission des États-Unis
sur les droits civils

Sur le trajet qui le conduisait au centre de Pine Ridge, Richard Adam s'égara bel et bien. Comme il ne connaissait pas du tout l'endroit, et que la nuit était d'encre, il se trompa de chemin et atterrit dans un quartier malfamé. Une sorte de ghetto composé de demeures insalubres, de taudis en planches vermoulues, et de bungalows qui n'étaient plus de la dernière fraîcheur. Il tourna à gauche, puis à droite, puis encore à gauche, croyant bientôt tomber sur la pension, mais se retrouva soudain au fond d'une impasse. Il y découvrit une cabane à l'allure lugubre devant laquelle trônait la carcasse d'une voiture rouillée. Enchaîné à la portière, un chien hurlait à la mort. Il était si maigre qu'on lui voyait les côtes, un filet d'écume perlait à ses babines.

Drôle d'accueil. Sentant le danger, Richard Adam voulut faire marche arrière, mais un type armé d'un fusil surgit de la cabane, se planta devant lui et le mit en joue. Un frisson lui parcourut l'échine.

– Qu'est-ce que vous faites là ? demanda le type au bout du fusil.

L'homme avait l'air complètement ivre. Il titubait, ne parvenant à tenir debout que par miracle. Richard Adam remarqua qu'à côté de la carcasse rouillée des cadavres de bouteilles s'entassaient dans une benne à ordures. Ce lieu sordide ressemblait davantage à une décharge à ciel ouvert qu'à une propriété privée. En dépit des apparences, il ne céda pas à la panique et, baissant sa vitre, s'adressa à l'homme le plus calmement possible.

– Excusez-moi. Je me suis perdu. Pouvez-vous m'indiquer la pension de Pine Ridge ?

Au lieu de lui donner l'adresse, le vieux, toujours aussi menaçant, marmonna dans sa barbe :

– C'est pas ici, c'est tout ce que je peux vous dire.

Il renifla, cracha à terre et ajouta d'un ton définitif :

– Maintenant, foutez-moi le camp, ou je vous envoie deux pruneaux dans le pare-brise !

Cette promesse suffit à le faire obéir. Richard Adam remonta bien sagement sa vitre, enclencha la marche arrière, et remonta l'impasse avec soulagement. Le chien n'avait pas cessé d'aboyer, même après son départ, comme si son odeur le rendait fou. Et le vieux avait eu toutes les peines du monde à le calmer.

Richard l'avait échappé belle. Cependant, cet incident prouvait deux choses. La première, c'est que, malgré l'interdiction de détenir des armes, à peu près tout le monde en possédait dans la réserve. La seconde, c'est que cet endroit regorgeait d'alcooliques prompts à jouer de la gâchette.

— Excusez-moi, je me suis perdu. Pouvez-vous m'indiquer la pension de Mme Butler ?

[illegible]

– 12 –

Homeland

La terre est vivante
Les montagnes parlent
Les arbres chantent
Les lacs peuvent penser
Les cailloux possèdent une âme
Les pierres ont du pouvoir.

Lame Deer

La pension s'appelait Homeland. En cette saison, elle était loin d'être complète, aussi Richard Adam, lorsqu'il l'eut enfin trouvée, n'eut-il aucun mal à y louer une chambre à la semaine. La propriétaire était une vieille Indienne édentée. Avec ses tresses et sa robe colorée, elle semblait tout droit sortie d'un western.

– Voici la clé de la chambre 7, lui confia-t-elle de sa voix chuintante après avoir conservé l'empreinte de sa carte de crédit. C'est au premier étage. Vous prendrez vos repas ici ?

– Non, simplement le petit déjeuner. Bonne nuit.

Son sac de voyage dans une main, la clé dans l'autre, il emprunta l'escalier de bois dont chaque marche grinça sous son poids. Une fois parvenu au premier étage, il longea un couloir et trouva enfin sa chambre. Il introduisit la clé dans la serrure, la déverrouilla et poussa la porte. Il découvrit un lit de fer aux ressorts défoncés, une armoire disposant d'une glace dont la patine était si usée qu'elle offrait un reflet convexe et flou, et une écritoire à moitié mangée par les vers. La pièce, donnant sur cour, était attenante à un petit cabinet de toilette rudimentaire.

Cet Homeland-là n'était certainement pas le sien. Le lieu ne possédait aucun charme, mais le prix était modique, et l'homme, habitué au confort spartiate, aussi s'en contenta-t-il sans broncher. Après avoir rangé ses affaires dans l'armoire, il s'allongea sur le lit et, pour tout repas, se contenta d'un paquet de biscuits et d'un pack de bières qu'il avait eu le soin d'emporter avec lui.

Ce soir-là, il s'interrogea sur la journée qu'il venait de vivre. L'épisode avec les policiers avait été traumatisant, tout comme cette rencontre impromptue avec ce vieux fou et son chien. Mais Olowan était une personne formidable, et il était heureux d'avoir fait sa connaissance. En tout point, elle lui rappelait sa mère. Elle lui avait été d'une aide précieuse, surtout pour organiser la cérémonie funéraire aussi rapidement.

Sur ce point, une question le taraudait. Qu'était réellement un chaman ? Un homme-médecine ? Un guérisseur du corps et de l'âme ? Un voyant ? Un intermédiaire entre les hommes et les esprits ? Ou tout cela à la fois ? Il obtint quelques réponses en consultant le livre sur les Sioux dont il ne se séparait plus. Un chapitre leur était consacré, qui en substance disait ceci :

Un chaman était un individu qui communiquait avec les esprits. Il pratiquait la divination, la guérison et quelques tours qui paraissaient surnaturels. Il était capable de jeter des sorts, d'ensorceler du gibier, d'influencer le temps et d'interpréter les augures. À l'aide de nombreuses plantes chamaniques, comme le virola, la préparation pour l'ayahuasca ou le peyotl, contenant toutes des molécules psychotiques, les chamans avaient peu à peu conforté leur image de guérisseurs. En quelque sorte, ils étaient les intermédiaires entre le monde des hommes et celui des dieux.

En refermant le livre, même si pour lui le cœur du chamanisme restait un mystère insondable, Richard Adam sut qu'avec le concours d'un tel être l'esprit de sa mère goûterait enfin au repos éternel.

– 13 –
Little Horse

La différence entre les Blancs et les Indiens, c'est que les Blancs pensent que la terre leur appartient, tandis que les Indiens pensent que ce sont eux qui appartiennent à la nature.

Anonyme

Le lendemain, après un petit déjeuner composé de café et de galettes de maïs nappées de sirop d'érable, il sortit de la pension peu après huit heures et se rendit aussitôt chez Olowan. Cette fois, les chiens, habitués à son odeur, le laissèrent approcher de la porte d'entrée sans se mettre à aboyer. Mieux, ils le reniflèrent comme s'il était l'un des leurs.

Quand elle le vit descendre de sa voiture, sa tante sortit de chez elle et se précipita à sa rencontre. Elle aussi semblait ravie de le revoir.

– Hello Richard. Ça va, tu as bien dormi ? La pension te convient ?

– Oui, tout va bien, ne t'inquiète pas pour moi.

– Alors allons-y. Little Horse nous attend.

Il remarqua que, depuis la veille, elle avait fait un effort vestimentaire. Elle avait troqué son vieux jogging contre un jean, une paire de santiags et un manteau de laine colorée.

Ils longèrent l'avenue sur quelques centaines de mètres jusqu'à sortir du lotissement, et arrivèrent à hauteur d'un terrain nu sur lequel trônait un tipi recouvert de peaux de bisons. De son sommet s'élevait un panache de fumée blanche. Et, sur le pan de toile qui servait d'entrée, était dessinée la tête d'un cheval.

– Voilà, c'est ici qu'habite Little Horse, précisa, presque inutilement, Olowan.

Elle souleva le pan de toile et ils pénétrèrent à l'intérieur où régnait une douce chaleur. Au centre un homme se tenait assis en tailleur devant un poêle à bois dans lequel couvait un feu rougeoyant. Il tenait dans une main une pipe d'écume, et dans l'autre un attrape-rêves qu'il agitait comme s'il chassait des ennemis invisibles.

– Bonjour, Little Horse. C'est Olowan.

Le vieil homme leva les yeux vers elle et acquiesça d'un signe de tête.

– Entre. Je t'attendais.

Il posa l'attrape-rêves à côté de lui et entreprit d'allumer sa pipe avec l'une des braises du foyer. Une première bouffée de tabac se répandit dans l'atmosphère, comme un long nuage bleuté et entêtant. L'odeur âcre prit Richard Adam à la gorge. Il ne put se retenir de tousser.

– Tu es venue avec l'homme blanc dont tu m'as parlé ?

Richard Adam, sur la défensive, allait rétorquer quand une nouvelle quinte de toux l'en empêcha. Sa tante crut bon d'intervenir à sa place.

– C'est l'un des nôtres. Le sang de ma sœur Tallulah coule dans ses veines.

Le chaman contempla longuement l'homme au chapeau noir avec un mélange de curiosité et de suspicion.

– C'est certain, tu ressembles plus à un Indien qu'à un Wasichu… Mais si tu étais un véritable Oglala, la fumée de mon calumet ne t'incommoderait pas.

Loin de se démonter, Richard Adam rétorqua avec toute la fermeté dont il était capable :

– Je ne suis peut-être pas un véritable Oglala, ni même un fumeur de calumet, mais je peux vous assurer que je ne suis pas blanc.

Impressionné par le charisme qui émanait de cet homme, Little Horse les invita à s'asseoir face à lui, ce qu'ils firent aussitôt en silence. Puis, après avoir posé sa pipe près du fourneau, il reprit sur un ton un peu plus amène :

– Je ne voulais pas t'offenser. N'en déplaise aux Blancs, mais la terre d'Amérique appartient aux premières nations amérindiennes. Crees, Blackfoots, Crows, Shoshones, Paiutes, Utes, Navajos, Apaches, Pawnees, Cheyennes, Shawnees, Cherokees, Séminoles et, bien sûr, les Lakotas… Les Wasichus n'ont rien à y faire. Ce sont des voleurs de terres.

Richard Adam choisit alors ses mots avec soin et répliqua :

– Les Blancs ne nous ont pas simplement volé nos terres, ils nous ont aussi volé notre culture, et ils sont en train de voler nos âmes.

Le chaman lui jeta un regard étonné. Il se pencha vers lui et, du plat de la main, lui frappa la poitrine.

– Ce sont de sages paroles. Tu parles peu, mais tes mots viennent du cœur. C'est une qualité qui prouve indéniablement que tu es un Indien. Que puis-je faire pour toi ?

Sous le regard affectueux d'Olowan, Richard Adam expliqua en quelques mots la raison de sa venue dans la réserve et ce qu'il attendait de lui. Little Horse marqua un temps d'arrêt. Il semblait que quelque chose le chagrinait.

– Je veux bien organiser cette cérémonie. Mais si tu veux que la tradition soit respectée, il te faudra aussi le concours d'une Rêveuse, ajouta-t-il.

– Une Rêveuse ? Qu'est-ce donc ?

Olowan tenta de fournir une explication.

– Celle qui, avec des bribes de songes, de croyances ancestrales et d'herbes médicinales, fabrique des charmes de protection destinés aux guerriers, ou des philtres d'amour et de paix pour les âmes en partance pour l'autre monde.

– Pour cela, conclut Little Horse, la meilleure se nomme Winona.

– Je la connais bien, ajouta Olowan. Nous irons lui rendre visite aujourd'hui. Je pense qu'elle acceptera sans problème.

– Alors, si tout est arrangé, nous nous retrouverons demain soir, au déclin du soleil. As-tu choisi l'endroit ?

L'homme au chapeau noir secoua la tête en signe de dénégation.

– Le lieu idéal est le sommet de la colline. C'est là que réside le Wakan Tanka.

– Le quoi ?

Le chaman traduisit :

– « Le grand mystère », en langue lakota. Devant la mine décontenancée de son interlocuteur, Little Horse se fit plus explicite.

– Le souffle divin, si tu préfères.

Richard Adam sourit.

– Je comprends. Un autre nom pour désigner Dieu.

Little Horse hocha la tête, puis reprit :

– Oui, mais un dieu qu'on pourrait trouver en chaque élément qui constitue la nature, comme les pierres, les rivières, les arbres, le ciel, les étoiles, et bien entendu les animaux. C'est pourquoi un chaman a une relation harmonieuse avec la nature et les forces qui l'entourent, car il sert d'intermédiaire entre le monde des hommes et celui des esprits. Nous sommes animistes, ne l'oublie pas.

Cette explication toucha Richard Adam, le poussant à se confier à son tour, chose tout à fait inhabituelle pour lui.

– Je comprends. Je ne suis peut-être pas

chaman comme vous. Mais lorsque je me trouve seul au milieu de la nature, je me sens extraordinairement vivant. Comme si j'entrais en résonance avec ce qui m'entoure.

Little Horse, encore une fois, apprécia ces paroles pleines de bon sens. Il hocha la tête à plusieurs reprises. Par leurs échanges, il apprenait à considérer d'un œil différent l'homme qui se tenait face à lui. Tout en aspirant des bouffées de tabac qu'il expirait ensuite en volutes dans l'air, il lui demanda encore :

– Quel est ton métier ? A-t-il un rapport avec la nature ?

– Non, pas vraiment. Je suis charpentier du ciel. Je travaille sur les chantiers de gratte-ciel.

Le regard du chaman s'illumina soudain.

– Alors tu dois avoir la tête dans les nuages.

Richard Adam, visiblement amusé, ne put s'empêcher de sourire devant tant de douce naïveté.

– Oui, cela m'arrive... Bien plus souvent que je ne le voudrais.

– En allant si haut, tu évolues près du grand mystère. Près du Wakan Tanka !

– Je ne sais pas. Peut-être.

Lui qui ne se confiait jamais fut surpris de

tant se livrer à cet homme qu'il ne connaissait pas une heure plus tôt.

– Ce qui est certain, c'est que ce grand mystère, j'ai l'impression de parfois le toucher du doigt. Pas quand j'évolue si haut dans le ciel, mais lorsque, une fois par an, je réside seul dans une cabane isolée de la Pigeon River. Au beau milieu de la nature.

Il ajouta encore, comme un ultime aveu :

– C'est là que je me sens vivant.

Cette fois, le chaman le considéra d'un œil admiratif.

– Alors, accepte mes excuses. Tu es un véritable Lakota.

Et, posant sa main droite sur son épaule, le chaman lui adressa un regard d'une terrible douceur, et d'une grande profondeur humaine, comme si soudain, par la magie de cette révélation, ils étaient devenus frères de sang.

– 14 –
Winona

Je suis pauvre et nu, mais je suis le chef de la nation. Nous ne voulons pas de richesses, car nous ne pourrions les emporter dans l'autre monde. Nous voulons la paix et l'amour.

Red Cloud

Richard Adam sortit du tipi de Little Horse comme pris dans la tourmente d'un monde intérieur dont il n'avait, jusque-là, jamais soupçonné l'existence. Un état d'apesanteur qu'il n'avait plus connu depuis longtemps s'empara de son être.

Ce chaman était un être au pouvoir immense, capable d'interagir avec les esprits et les énergies issues de la nature. Or, cela le fascinait. Il avait toujours eu un faible pour les gens dotés d'un pouvoir spécifique, tels que les sorciers, les thaumaturges et les magiciens. Olowan, consciente que venait de s'opérer en lui un changement crucial, le laissa à sa rêverie. Et se contenta de lui proposer de venir déjeuner chez elle, ce qu'il accepta de bon cœur.

L'après-midi, après un repas composé d'œufs brouillés, de légumes et de quinoa pris en commun avec les enfants d'Olowan, il partit rendre visite à la Rêveuse de Pine Ridge afin de lui demander de participer à la cérémonie. Olowan confia sa nombreuse progéniture aux soins de ses deux filles aînées, et l'accompagna. Ils montèrent tous deux à bord de la Chevrolet et se dirigèrent vers le nord.

Lorsqu'ils parvinrent au domicile de la Rêveuse, situé au cœur des collines, Richard Adam fut frappé par le contraste entre le lieu, dénué de tout, et son habitante. Devant un bungalow sans âme, perdu au milieu de nulle part, balayé par les vents, la poussière et la solitude, se tenait une femme d'une beauté piquante. Petite, fine, elle avait la chevelure aussi longue que brune et des yeux sombres brillants comme deux diamants noirs. Des yeux de foudre, de steppe en flammes. Emmitouflée dans un châle de couleur, elle était occupée à fumer une cigarette artisanale. Bien qu'il n'eût que peu d'expérience sur le sujet, dès qu'il sortit de la voiture et en huma les effluves, il reconnut l'odeur caractéristique du joint.

L'homme salua la jeune femme. Une fois les présentations faites, Olowan exposa à la Rêveuse l'objet de leur visite. Quand elle eut compris de quoi il retournait, Winona hésita quelques instants, avant d'accepter.

– Si Little Horse est d'accord, je n'ai qu'à me ranger à son avis.

Puis, s'adressant à l'homme qui venait de faire irruption dans son quotidien :

– Même si je doute que vous soyez un véritable guerrier lakota.

– Je pensais qu'il n'y avait plus de guerriers de nos jours, fit remarquer Richard Adam, se sentant légèrement offensé par l'attitude de la Rêveuse à son égard.

– Erreur, rétorqua Winona, piquée au vif. Nous sommes toujours une nation en guerre contre les autorités fédérales. Vous n'avez pas remarqué le drapeau, à l'entrée de la réserve ?

– Si, bien sûr. Mais je croyais que les guerres indiennes étaient terminées depuis longtemps...

– C'est faux. Ici, nous n'avons jamais cessé de lutter...

Son regard noir s'illumina soudain, comme attisé par le feu de la colère.

– La nation lakota n'a jamais pardonné les massacres perpétrés par les Blancs. Et tous les traités signés et non respectés. C'est pourquoi nous continuons le combat. C'est aussi la raison pour laquelle nous avons besoin de guerriers. Comme au temps de la grande bataille de Little Bighorn, si nous nous unissons tous, nous pouvons encore triompher.

– Je comprends. Mais ne craignez-vous pas, à force d'enfreindre la loi, de finir en prison ?

Winona vit rouge.

– Si cela devait m'arriver, je préférerais me donner la mort plutôt que de croupir dans une de leurs sales geôles !

Richard Adam était hypnotisé et par le regard enflammé de la jeune femme, et par le joint qu'elle tenait entre ses doigts.

– Allez-y, fumez tout ce que vous voulez, mais vous ne planerez pas très haut ! lui lança-t-elle comme une provocation en lui tendant la cigarette.

Winona savait de quoi elle parlait. Si le gouvernement avait un temps autorisé la culture du chanvre dans la réserve, il le destinait à des fins industrielles. Et il savait parfaitement que son taux de THC, la fameuse molécule psychoactive recherchée par les consommateurs, était très faible. Même pour ce qui était de la qualité de la drogue, les Indiens avaient droit à la portion congrue.

– Non merci. Je ne fume pas.

Elle le regarda, médusée. C'était la première fois qu'elle voyait un homme refuser une telle offrande.

– Alors c'est bien ce que je disais. Vous n'êtes pas un guerrier. Vous ne pourriez même pas fumer le calumet de la paix !

Et, toujours aussi remontée, elle écrasa le joint dans un cendrier en terre cuite, les planta là et retourna dans son bungalow dont elle claqua la porte avec fracas.

– 15 –

Jumping Eagle

Fais du bien à ton corps pour que ton âme ait envie d'y rester.

Proverbe amérindien

Sur le trajet du retour, tandis qu'il conduisait en direction de Badlands Avenue, Richard Adam était partagé entre consternation et fascination. La manière dont cette Indienne au caractère bien trempé l'avait congédié le laissait songeur.

– Ne t'inquiète pas, lui confia Olowan. Elle se met vite en colère, mais elle n'est pas rancunière.

Elle ajouta, dans un sourire moqueur :

– Si cela peut te rassurer, demain elle aura

tout oublié. Sois certain qu'elle viendra à la cérémonie… même si, à ses yeux, tu n'es pas encore un vrai Lakota.

Il ne releva pas la pique. Mais n'abandonna pas pour autant l'idée d'en apprendre un peu plus sur la jeune femme.

– Qui est-elle ? Quel est son âge ? Est-elle mariée ? A-t-elle des enfants ?

– Tout doux, intervint Olowan, qui détestait faire deux choses en même temps. Une question à la fois, sinon je m'y perds. Et, je t'en prie, laisse-moi d'abord fumer un peu. Ensuite, je te dirai tout ce que tu veux entendre.

Et tandis qu'elle tirait sur le reste du joint qu'elle avait récupéré dans le cendrier de Winona avec une satisfaction évidente, il demeura silencieux. Il se contenta de rouler tranquillement en observant le paysage alentour. Les collines avaient perdu leur éclat rouge et or. Elles étaient désormais d'un vert sombre tirant peu à peu sur le gris. Nul doute à avoir, on allait doucement vers l'hiver.

Lorsque Olowan eut enfin épuisé les maigres vertus hallucinogènes du chanvre, elle écrasa le mégot contre la semelle de sa chaussure, baissa la vitre et le jeta dehors. Il tourna la tête vers elle et découvrit qu'elle avait les yeux rougis et vitreux. Elle affichait un visage serein, les traits complètement relâchés. Trois bouffées avaient suffi non à la faire planer, mais à la détendre. Elle resta ainsi dans cet état de quasi-lévitation pendant encore quelques minutes, puis daigna enfin répondre à ses questions.

– Tout ce que je peux te dire de Winona, c'est qu'elle n'a pas eu une vie facile.

– Comment ça ?

– Elle a été mariée très jeune, mais comme elle ne parvenait pas à avoir d'enfants, son mari s'est mis à la battre. Elle a alors décidé de le quitter, et de se débrouiller seule. C'est pour ça qu'elle est venue me voir.

Olowan hésita quelques instants à poursuivre ses révélations, puis jugea qu'il était trop tard pour faire marche arrière.

– Être une Rêveuse ne suffit pas toujours à remplir son assiette. Aussi a-t-elle accepté de me donner un coup de main à la culture du chanvre.

– Quoi ?

– Tu as bien entendu.

– Tu veux dire que, toutes les deux, vous vivez de… de la vente du chanvre ?

– Oui. On peut dire ça.

Comme Richard Adam s'étranglait devant cette révélation, elle précisa encore :

– Je possède un champ, pas très loin d'ici, que je cultive à la bonne saison. Le reste de l'année, on vend la production localement. C'est un bon rendement.

Le conducteur de la Chevrolet, stupéfait par cette révélation, resta silencieux. Olowan crut alors bon de se justifier.

– Tu sais, nous ne faisons pas ça de gaieté de cœur, mais comment nous en sortir ? Nous ne sommes plus au temps de Crazy Horse et de Red Cloud. Il n'y a plus de bisons à chasser à l'intérieur des Grandes Plaines, et plus de riz sauvage à cueillir, ni de maïs à cultiver. Maintenant, pour se nourrir, il faut se rendre au drugstore, et pour cela, il faut des dollars, de beaux dollars. Et ce n'est pas avec la maigre pension de femme isolée que me verse le gouvernement que je vais payer mon loyer et nourrir ma famille. Sans le chanvre, nous mourrions de faim.

– Je ne te critique pas, Olowan. Je... je cherche juste à comprendre.

– J'ai essayé de trouver du travail légal, et Winona aussi. Elle, pourtant belle comme un cœur, n'en a pas trouvé. C'est te dire à quelle extrémité nous en sommes réduites. À part l'argent de la culture du chanvre, je ne vois pas comment nous en sortir. Et tant que les autorités ne nous auront pas flanqués au trou, nous continuerons de la sorte.

– Et Winona ? Elle ne pourrait pas se faire aider par un homme ?

Olowan ne put réprimer un rire. Elle devinait très bien ce que sous-entendait cette question.

– Elle a été courtisée de nombreuses fois, mais elle s'est toujours tenue à l'écart des hommes. Si tu veux avoir une chance de la conquérir, crois-moi, il faut d'abord que tu deviennes un Indien à part entière. Un vrai Lakota qui ne recule ni devant les autorités, ni devant une femme aux yeux noirs, et encore moins devant un pauvre joint de chanvre !

Lorsqu'ils furent de retour au 101, Badlands Avenue, ils tombèrent au milieu de la plus grande effervescence. Tous les enfants criaient et s'agitaient dans tous les sens.

– Qu'est-ce qui se passe, ici ? demanda Olowan en se précipitant dans le salon.

Ce fut Abey, son aînée, qui prit la parole.

– C'est Jumping Eagle. Il s'est démis l'épaule en jouant avec ses cousins dans l'escalier.

Dans un coin de la pièce, Dakota et Chapa, les garçons à l'origine de l'accident, faisaient profil bas.

– Misère ! On ne peut pas vous laisser une heure sans qu'il y ait une catastrophe !

Le drame venait d'arriver, car Jumping Eagle était encore étendu sur le sol, au pied de l'escalier en question. Personne n'avait eu le courage de le déplacer, car dès qu'on faisait mine de le toucher, il hurlait de douleur. Il se tenait le bras droit en grimaçant.

– Jumping Eagle ! Combien de fois t'ai-je dit de ne pas sauter dans tous les sens ? le fustigea Olowan, partagée entre colère et pitié.

Richard Adam songea qu'avec un nom pareil il était difficile de lui obéir. Mais, comme à son habitude, il garda cette pensée pour lui.

– Vite, il faut le transporter à l'hôpital, dit encore la maîtresse des lieux d'un ton empressé.

Elle allait se précipiter sur le téléphone, car dans la réserve rares étaient ceux à posséder un portable, mais l'homme au chapeau noir s'avança vers elle, lui saisit le bras et l'empêcha de se saisir du combiné.

– Ce n'est pas la peine.

– Comment ça ?

Sans répondre, il s'agenouilla près du jeune garçon blessé et, après l'avoir ausculté, le diagnostic tomba.

– C'est bien ce que je pensais. Luxation de l'épaule. Il n'a rien de cassé. C'est simplement la tête de l'os qui est sortie de son logement. Je vais tenter de la remettre en place.

– Quoi ? Là, comme ça ?

– Oui, mais il faut agir vite avant que les muscles refroidissent et que les tendons se contractent.

Olowan le regarda, fascinée. Jumping Eagle, lui, ne disait toujours rien, tentant de contenir ses gémissements. Mais chaque fois qu'il remuait, il ressentait comme une décharge électrique lui traversant l'épaule.

Richard Adam se positionna derrière lui et, avec autant de délicatesse qu'il en était capable, posa sa main sur l'épaule du garçon.

– Tu es prêt ?

Il leva le bras blessé, puis tira d'un coup sec en arrière. On entendit un bruit d'os qui s'emboîte, Jumping Eagle poussa un cri, puis plus rien. En une fraction de seconde, l'os avait été remis en place.

– Voilà, c'est fini.

Avec une écharpe, il lui confectionna une bandoulière pour maintenir son bras contre sa poitrine.

– Donne-lui de l'aspirine, et qu'il se repose. La douleur risque de revenir car les muscles ont souffert. Mais tout ira bien, désormais. Il est tiré d'affaire.

L'homme disait vrai, car les traits du visage de Jumping Eagle étaient à présent nettement plus détendus, comme si lui aussi venait de fumer un joint de chanvre. D'un sourire, il remercia son sauveur. Puis, aidé de sa sœur Black Hair il s'allongea sur le canapé, bien calé entre deux coussins.

Olowan s'approcha de son neveu et, visiblement impressionnée, déclara :

– Merci. Je ne savais pas que tu étais guérisseur.

Richard Adam lui rétorqua :

– Moi non plus. Il me semble que c’est la première fois que je fais ça.

Comme elle le regardait sans comprendre, il ajouta en guise d’explication :

– Mais sur l’instant, va savoir pourquoi, ça m’a paru tout naturel.

– 16 –
Ghost Dance

Les morts des Blancs oublient le pays de leur naissance quand ils s'en vont pour cheminer sous les étoiles. Nos morts n'oublient jamais cette terre merveilleuse, car elle est la mère des Indiens. Nous faisons partie de la terre et elle fait partie de nous. Les fleurs odorantes sont nos sœurs, les chevreuils, le cheval, le grand aigle sont nos frères.

Seattle

Le lendemain soir, au sommet de la colline qui surplombait Pine Ridge, Richard Adam répandit les cendres de sa mère dans la réserve où elle avait vu le jour. Ce fut une belle cérémonie, à laquelle assistèrent Olowan, Little Horse, Winona et quelques curieux, friands de rituels et de chants mortuaires. Elle eut lieu à la tombée de la nuit, à l'heure où, chaque jour, Tallulah Tecumseh rendait grâce aux puissances divines qui, selon elle, gouvernaient le monde.

Pour l'occasion, le chaman et la Rêveuse avaient revêtu leurs plus beaux apparats. Little Horse portait des mocassins en daim, un pantalon et une veste en peau de bison, ainsi qu'une coiffe en plumes d'aigle d'une telle complexité qu'elle faisait penser à la roue d'un paon. Il tenait dans une main un tambourin qu'il faisait résonner dans le vent, et dans l'autre son précieux sac-médecine. Quant à Winona, si belle dans sa robe bleue, rouge et jaune aux larges franges volant dans le vent, brodée de motifs en forme d'étoiles, de flèches et d'éclairs, elle ressemblait à la princesse d'un conte amérindien.

Ils se rendirent au pied du totem-peuplier dressé à la face du ciel, l'endroit sacré où, d'ordinaire, on organisait la Ghost Dance, la fameuse danse des esprits, une sorte de révolte spirituelle, un rite à tendance messianique auquel se livraient les Indiens chaque été. Là, le chaman disposa quelques pierres en arc de cercle à l'intérieur duquel il alluma un feu de bois sec.

Lorsque les braises furent rougeoyantes, il versa de l'eau sur les pierres brûlantes. Puis sortit de son sac-médecine quelques herbes sauvages qu'il lança dans le feu. Un doux parfum de sauge, de chèvrefeuille et d'écorces de pin se répandit dans l'atmosphère.

Enfin, d'un geste solennel, il invita le fils de la défunte à le rejoindre, muni de l'urne funéraire, et d'en répandre le contenu. Richard Adam s'exécuta, et les cendres, myriades de particules grisâtres balayées par le souffle du vent, s'envolèrent en direction des Black Hills.

Il se passa alors une chose étrange. Les particules de cendres prirent peu à peu la forme de papillons. Il y en eut bientôt partout, jusqu'à couvrir le ciel de leurs ailes multicolores.

Le chaman regarda Richard Adam, stupéfait.

– Comment as-tu fait ça ?

L'homme au chapeau noir, lui-même surpris, rétorqua tout en secouant la tête de droite à gauche :

– Je n'en sais rien.

Chacun des participants assista à la scène, médusé, jusqu'à ce que les papillons disparaissent sur le fil de l'horizon.

Little Horse, une fois sa stupeur passée, prononça quelques paroles en langue lakota, souhaitant à l'esprit de Tallulah de prendre son envol et de goûter enfin à la paix éternelle en rejoignant le territoire des ombres de ses ancêtres.

– Au tourbillon, et à tout ce qui se déplace, au vent et aux quatre directions sacrées, je fais offrande.

Puis il tira quatre bouffées de son calumet. Invoqua les quatre éléments, l'eau, la terre, l'air et le feu. Alluma quatre bâtons d'encens. Puis psalmodia un chant lancinant.

Winona versa alors son philtre protecteur au pied de l'arbre totem, préservant ainsi l'âme de la défunte des attaques démoniaques, des vengeances d'outre-monde et des mauvais sorts. Puis le chaman entonna la prière destinée aux morts, et lorsque le chant prit fin, il salua l'arbre totem et tous prirent la route du retour.

Ils ne virent donc pas un dernier papillon isolé décrire un arc de cercle au-dessus de leurs têtes, avant de disparaître dans les nuées.

– 17 –
Whiteclay

Il y a de nombreux hivers, nos sages ancêtres ont prédit qu'un grand monstre aux yeux blancs viendrait de l'est, et qu'au fur et à mesure qu'il avancerait il dévorerait la terre. Ce monstre, c'est la race blanche, et la prédiction est proche de son accomplissement.

O-no'-sa

Une fois la cérémonie terminée, comme l'exigeait la coutume, Richard Adam offrit un pot d'amitié aux participants. C'était la manière idéale pour clore un rituel religieux, et aussi la façon la moins cruelle de se séparer. Comme on était samedi soir, il espérait que tout le monde accepterait, et que rien ne tournerait mal comme après les funérailles, à Duluth.

Il s'en ouvrit à Olowan.

– Que diriez-vous de boire un verre pour fêter ça ? Je suis résolu à payer une tournée générale à l'ensemble des personnes ici présentes.

– C'est une bonne idée, lui confia Olowan, mais il n'y a malheureusement pas de bar à Pine Ridge.

Richard Adam ne put cacher son étonnement.

– Pas de bar ? Pourquoi cela ?

– Par crainte de débordements de violence, le gouvernement a décrété que toute vente de boissons alcoolisées était interdite sur l'ensemble de la réserve.

Craignant devoir se rabattre sur des bouteilles de soda et de jus de fruits qu'on pouvait trouver à l'épicerie du centre, il fit remarquer avec justesse :

– C'est étrange, il n'y a aucun débit de boissons sur l'ensemble de la réserve, alors que tant de gens semblent en proie à l'alcoolisme.

En déambulant dans le cœur de la petite ville, il avait vu les ravages causés par ce terrible fléau. De nombreux Indiens n'étaient plus que des ivrognes, traînant leurs corps rongés d'alcool dans les rues, une bouteille de bière ou de mauvais whisky à la main. Il y avait parmi eux des hommes dans la force de l'âge, mais ce qui l'avait surpris, c'est qu'il y avait également des jeunes, bien plus qu'il ne l'aurait imaginé, et même des adolescents. Et ce qui l'avait le plus étonné, c'est de voir un certain nombre de femmes, et même de jeunes filles. Elles se réunissaient sur un banc et tuaient le temps et l'ennui en absorbant des canettes de bière qu'elles dissimulaient au regard des passants et des autorités en les enveloppant dans des sacs de papier. L'alcoolisme touchait donc une partie importante de la population de la réserve, et notamment la plus fragile. Olowan lui donna l'explication d'un tel phénomène.

– C'est parce qu'il suffit de sortir de la réserve pour contourner la loi.

– Comment cela ?

– À vingt minutes d'ici se trouve Whiteclay, une bourgade où chacun peut trouver à la vente tout l'alcool dont il a besoin.

– Encore une aberration des autorités ! lança Winona, visiblement toujours aussi remontée contre la politique du gouvernement à l'égard des Indiens.

– Les Blancs ne sont pas à une aberration près, ajouta Little Horse. Ils savent parfaitement jouer les hypocrites, comme l'histoire le prouve. Ils n'ont jamais respecté aucun traité, et n'ont aucune parole. Tu as certainement entendu parler du serpent noir contre lequel luttaient nos frères hunkpapas ?

Le chaman voulait certainement parler de cet oléoduc que le gouvernement avait voulu installer dans la réserve de Standing Rock, au détriment de l'avis de la population qui pensait à raison qu'il allait défigurer le paysage, voire polluer les nappes phréatiques. Cette histoire avait fait la une de tous les journaux, aussi Richard Adam était-il au courant. Le serpent noir, c'est ainsi que les Indiens nommaient cette malédiction.

– Oui, bien sûr.

– Eh bien, je peux t'assurer qu'encore une fois, malgré le fait que les Indiens y sont fermement opposés, le gouvernement va agir contre le bon sens, et continuer à imposer sa vision des choses sans se soucier du bien-être de nos frères. Obama avait fini par capituler, mais je peux t'assurer que ce fou de Trump, qui vient d'être élu contre toute attente, reprendra le projet. Ils promettent toujours beaucoup de choses, mais à la fin ils ne tiennent pas parole. Ils ont ça dans le sang.

Richard Adam sauta sur l'occasion.

– Alors faisons comme les Blancs. Jouons aux hypocrites. Allons à Whiteclay, et remplissons le coffre de la Chevrolet de cet alcool maudit. Ce soir, il me faudra autre chose qu'un pack de bières pour me remettre de mes émotions.

Comme Little Horse détestait se rendre là-bas, et que Winona voulait rentrer chez elle se changer, ce fut Olowan qui fut tout naturellement désignée pour monter à bord de la Chevrolet et le conduire jusqu'à Whiteclay.

Ils discutèrent tout au long du trajet. D'abord à propos de la cérémonie qu'ils venaient de vivre, puis au sujet de Jumping Eagle dont la guérison semblait sur de bons rails. Enfin, comme il l'avait déjà fait auparavant, Richard Adam essaya de la questionner au sujet de la jeune femme qui le troublait tant.

– Cela fait longtemps que Winona exerce dans ce domaine ?

– Tu veux parler de la culture du chanvre ?

Il se sentit gêné aux entournures.

– Non, je voulais dire… Être une Rêveuse…

– Oh, ça, elle le tient de sa mère. Elle aussi était une grande Rêveuse. Pour ça, elle était plutôt douée. Même si ça ne lui a servi à rien.

– Pourquoi dis-tu cela ?

– Parce qu'elle est morte dans un accident de voiture, en rentrant d'une cérémonie.

– Je suis désolé, s'excusa-t-il.

Elle éluda :

– Tu n'y es pour rien.

Avant de revenir à la charge.

– Il faut dire que le chauffard ivre qui lui est rentré dedans ne lui a laissé aucune chance.

Richard Adam n'osa plus poursuivre sur le sujet. Et comme il lui paraissait au-dessus de ses forces d'évoquer devant elle le problème de la drogue, il préféra retourner à son mutisme habituel.

À Whiteclay, ils se rendirent au drugstore et remplirent un Caddie d'une quantité de canettes de bière et de bouteilles de whisky suffisante pour saouler toute la réserve. À la suite de quoi ils bifurquèrent vers le rayon alimentation et se procurèrent de quoi nourrir toute la famille et les amis d'Olowan – saucisses, chips, sacs de riz, pâtes, crêpes, sauces et poulets grillés.

– Avec ça, déclara-t-il, le gouvernement peut bien essayer de venir te déloger, tu as de quoi tenir un siège !

Olowan laissa échapper un large sourire

lorsqu'elle comprit que, pour une fois, elle n'aurait pas à compter son argent avant de payer la note. Richard Adam prenait tout en charge.

– Ce sont les enfants qui vont être contents !

C'est donc le siège arrière plein de victuailles et de bouteilles qu'ils reprirent la route de la réserve sur un air de Sixto Rodriguez. Et lorsque sa tante prit la parole, l'homme au chapeau noir ne fit aucun commentaire.

Il n'était plus le même. En quelques jours à peine, grâce à un rite funéraire, sa vie avait changé. Tout autour de lui, sur ces visages encore inconnus il y a peu, il voyait une raison de poursuivre sa course. Pour une fois, il avait une famille, une vraie, avec qui il s'entendait à merveille.

– 18 –
Human

Regardez, mes frères, le printemps est venu, la terre a reçu les baisers du soleil, et nous verrons bientôt les fruits de cet amour.

Sitting Bull

Ce soir-là, Richard Adam festoya comme il ne l'avait peut-être jamais fait auparavant. Ils étaient à peu près vingt dans la maison d'Olowan, et pourtant personne ne se sentit mal à l'aise. À la radio passait une chanson du chanteur Rag'n'Bone Man intitulée *Human.*

I am only Human, after all
Don't put your blame on me

Et c'est justement la réflexion qu'il se fit à cet instant précis. Il était un humain parmi d'autres humains, un solitaire endurci, et il ne fallait pas l'accabler pour cela. Bien qu'il dût avouer que jamais il ne s'était senti aussi heureux.

Depuis la guérison miracle de Jumping Eagle, les enfants avaient beaucoup moins peur de lui. Mieux, ils l'avaient pris en amitié, le considérant en quelque sorte comme leur sauveur, et n'arrêtaient pas de chanter ses exploits. Olowan avait un cœur d'or et une grande humanité. Little Horse possédait une présence extraordinaire, sans aucun doute due à sa connaissance aiguë des rites et des esprits. Quant à Winona, c'était bien simple, chaque fois qu'il croisait son regard, il sentait un aiguillon lui transpercer le cœur.

À un moment, il se retrouva seul avec elle dans un coin de la pièce, et leurs regards se croisèrent avec intensité. Ce simple regard le troubla. Il ne put s'empêcher de baisser les yeux.

Winona avait revêtu un jean et un pull-over qui épousaient délicatement ses formes. Et depuis la cérémonie, elle semblait plus encline à parler avec lui. Sans doute aussi l'effet de l'alcool. Il s'approcha alors d'elle, et lui glissa à l'oreille :

– Belle soirée, n'est-ce pas ?

– Oui, avoua-t-elle. On sent une vraie fraternité régner dans cette maison.

Richard Adam se tourna alors vers la maîtresse des lieux, assise sur le canapé, entourée de ses trois plus jeunes enfants qu'elle câlinait. Une aura de bonté semblait transpirer de tout son être.

– Olowan est quelqu'un d'extraordinaire.

Winona acquiesça.

– C'est ce que je me dis tous les jours. Elle n'a pas une minute à elle, et pourtant elle ne se plaint jamais. Tout le contraire de moi.

– Que voulez-vous dire ?

– Je me plains tout le temps, alors que je n'ai personne dont m'occuper.

– Vous êtes différentes, c'est tout.

La jeune femme observa un temps de silence avant de répondre :

– Sans doute… Nous sommes différentes.

Puis, plantant ses yeux noirs dans ceux de son interlocuteur, elle revint à la cérémonie.

– Au fait, plutôt réussie, l'idée de remplacer les cendres par des papillons. C'était féerique. Un vrai numéro de magie.

Richard Adam parut gêné.

– Je n'y suis pour rien.

Elle fronça les sourcils, incrédule.

– Je ne vous crois pas. Vous aviez tout préparé avant de venir, n'est-ce pas ?

– Non, je n'ai rien préparé.

– Vous mentez.

Bien que surpris par la réaction de la jeune femme, il demeura campé sur sa position.

– Ne me croyez pas si vous voulez, mais je peux vous jurer que je ne suis responsable de rien dans cette histoire.

Malgré son air franc, elle continuait à douter de sa parole.

– Peu importe que vous disiez ou non la vérité, vous avez fait votre petite impression… C'est sans doute ce que vous recherchiez.

– Vous vous trompez encore une fois. Je ne cherche à impressionner personne.

Elle le regarda d'un air malicieux, et conclut d'un ton assuré :

– C'est ce que disent tous les hommes en général, alors qu'ils pensent exactement le contraire.

Comme il ne trouvait rien à dire pour étayer son système de défense, il abdiqua.

– Vous m'avez percé à jour, je me rends.

Elle sourit de plus belle. Sa victoire acquise, elle en profita pour enchaîner sur un autre sujet.

– Vous comptez rester longtemps ici ?

– Encore quelques jours, répondit-il avant de finir sa bière d'un trait.

– Et qu'allez-vous faire, maintenant que la cérémonie est terminée ?

– Je ne sais pas. En principe, j'aime bien me promener dans la nature. M'isoler dans la forêt, loin de toute civilisation. Pêcher dans une rivière aux eaux argentées, par exemple.

– Je connais un endroit merveilleux pour cela.

– C'est vrai ?

– Oui. Une rivière sublime, à moins d'une heure d'ici, vers le nord.

Il la dévisagea, et vit qu'elle était tout à fait sérieuse.

– Que diriez-vous de me servir de guide ?

Elle joua l'étonnée, mais parut flattée.

– Vous ne pourriez alors plus goûter aux joies de la solitude.

– Peut-être. Mais si c'est avec vous, je veux bien faire une exception.

Cette dernière phrase lui fit rendre les armes. Contre toute attente, elle accepta. Ils convinrent de se retrouver le lendemain matin, chez elle. Et ils se quittèrent, charmés de cette promesse.

Le reste de la soirée, il ne put s'empêcher de

l'observer du coin de l'œil. Chaque fois qu'elle lui rendait son regard, une sourde chaleur envahissait tout son être, et son cœur se mettait à battre à cent à l'heure.

Il aimait tout d'elle. Le grain de sa voix, le parfum de ses cheveux, l'alcool de sa présence, la chaleur suave de son regard. C'était une Rêveuse et une ensorceleuse. Bien qu'il s'en défendît avec vigueur, il était évident que cette jeune femme lui faisait de l'effet.

– 19 –
Dreamcatcher

Nous autres, Indiens, vivons dans un monde de symboles et d'images où le spirituel et l'ordinaire des jours ne font qu'un.

Black Elk

La nuit suivante fut sanglante et acérée comme la pointe d'un silex. Richard Adam fit un rêve particulièrement déroutant, son songe le plus violent, son cauchemar le plus effrayant. Il rêva qu'il était seul, au fond d'un vallon, perdu dans l'obscurité la plus complète. Et qu'il tremblait de peur, de fièvre et de froid.

Sa peur fut décuplée lorsqu'un hibou se mit à ululer dans la nuit, et qu'une légère brise agita la ramure des arbres. Mais son effroi devint total quand la lune se leva enfin par-delà les montagnes et qu'il se découvrit au milieu d'un champ de bataille. Autour de lui s'étalait une mer de cadavres. Des centaines de morts jonchaient la prairie, et les flots de sang s'échappant de leurs corps mutilés se rejoignaient dans une déclivité naturelle, formant une rivière améthyste. Au-dessus de ce vaste charnier à ciel ouvert, l'odeur entêtante de la mort planait comme un nuage noir.

Il leva les yeux au ciel et vit des charognards voler dans les airs, en tourbillons incessants, bal de vautours guettant leur proie. Il ferma les yeux puis les rouvrit, espérant effacer de sa mémoire toutes ces visions horribles. Mais le cauchemar perdurait.

Il tenta de se lever, mais en fut empêché par une douleur atroce à hauteur de la poitrine. Il vit alors que lui-même était blessé, et qu'il saignait abondamment. À hauteur du cœur s'étalait une large tache de sang. Il eut tout à coup beaucoup de mal à respirer, et se mit à suffoquer. Il ferma de nouveau les yeux, comprenant qu'il n'en réchapperait pas, et se laissa doucement aller au vertige de l'inconscience. Quand soudain, du néant, surgit un chant mélodieux. Il en était certain, c'était la déesse des Morts qui venait le chercher pour l'emmener sur l'autre rive. Dès lors, il n'eut de cesse de vouloir la rejoindre.

Malgré la souffrance, au prix d'un terrible effort, il parvint à ramper jusqu'à la berge. Quand il l'eut atteinte, il pencha son visage sur l'onde rouge. Le reflet qu'il y découvrit lui fit dresser les cheveux sur la tête. À la place du visage, il n'y avait qu'un trou béant. Il n'était qu'un fantôme perdu dans le royaume des ombres.

La chanson reprit. Il leva la tête et découvrit, debout sur l'autre rive, une jeune femme. C'était une Indienne, vêtue d'une robe tissée de lames argentées. Elle chantait et dansait, aussi légère et gracieuse qu'un papillon déployant ses ailes, délicatement posé sur les pétales d'une fleur. Son visage était d'une pureté absolue, sa bouche, incarnate, et sa chevelure, brune. Soudain, elle arrêta son chant et sa danse, et posa un doigt sur ses lèvres. Puis elle dégrafa sa robe d'argent et la fit tomber sur le sol. Nue, elle avança de quelques pas et entra lentement dans la rivière, avant de disparaître tout à fait sous la surface de l'eau.

Richard Adam avait à peine entrevu cette

première vision qu'une seconde fit son apparition sur le champ de bataille. Cette fois, ce n'était pas une femme ou une déesse, mais un guerrier monté à cru sur un cheval au pelage isabelle. Le corps enduit d'argile, il portait en bandoulière un carquois rempli de flèches, et tenait dans sa main gauche un arc. Le guerrier guida son cheval vers l'homme étendu à terre, laissa l'animal le renifler, puis tira sur la bride. Le cheval hennit. Le cavalier glissa le long du flanc de l'animal et le rejoignit. Lorsqu'il fut face à lui, il le visa à hauteur du cœur, et lentement banda son arc. Richard Adam, voyant l'heure de sa mort arriver, se mit à hurler à pleins poumons. C'est à ce moment précis qu'il se réveilla en sursaut.

Tout en sueur, il tremblait des pieds à la tête. Pour la première fois de sa vie, un cauchemar lui avait semblé plus réel que la morsure de la réalité. Il ne savait pas encore quel phénomène avait déclenché ce changement en lui, quelle porte de la perception son cerveau avait réussi à ouvrir.

Il se souvint qu'il avait emporté avec lui l'attrape-rêves de Tallulah. Il était quelque part dans ses bagages, et dès qu'il parvint à mettre la main dessus, il l'accrocha au-dessus de son lit. Avec ce talisman, pensait-il, il était certain d'être préservé des atteintes des mauvais esprits qui venaient de perturber son sommeil. Après de longues minutes d'angoisse, il recouvra peu à peu ses esprits. Peu avant l'aube, il parvint enfin à se rendormir, et cette fois il put goûter au repos.

– 20 –
Timber Wood

Quand le dernier arbre sera abattu, la dernière rivière, empoisonnée, le dernier poisson, capturé, alors le visage pâle s'apercevra que l'argent ne se mange pas…

Sitting Bull

Le lendemain, encore envahi des brumes du songe, Richard Adam se présenta chez Winona en milieu de matinée. Malgré l'heure tardive, il la trouva non pas prête à partir à la pêche, mais occupée à fendre du bois. Étonné, il stoppa sa voiture, baissa sa vitre et s'écria :

– Vous avez changé d'avis ?

Winona secoua la tête.

– Non. Mais les poissons peuvent bien attendre une heure ou deux, vous ne croyez pas ?

– Oui, bien sûr.

Il sauta sur l'occasion.

– Vous avez besoin d'aide ?

Elle le regarda d'un air hautain.

– Si vous croyez que j'ai besoin d'un homme ! Je peux très bien me débrouiller seule.

Puis elle reprit son labeur avec encore plus d'allant. D'un geste d'une précision extrême, elle fendit en deux une bûche qui devait bien peser le dixième de son poids.

Richard Adam gara son véhicule non loin du bungalow, en sortit, et marcha vers elle. Lorsqu'il fut arrivé à sa hauteur, il déclara d'une voix calme et mesurée :

– Ne le prenez pas mal. Je ne voulais pas vous offenser. Juste me rendre utile.

La jeune femme se détendit. Elle consentit enfin à poser sa hache au sol et, désignant le tas de bois qu'il lui restait à fendre, elle lui lança avec un air de défi :

– Après tout, pourquoi pas ? Montrez-moi donc ce que vous savez faire. En attendant, je vais nous chercher deux cafés.

– Bonne idée.

Richard Adam posa sa veste, retroussa les

manches de sa chemise, et se mit aussitôt au travail. Un peu d'exercice lui ferait le plus grand bien. La première bûche vola en éclats, dans une gerbe de copeaux. Les suivantes connurent le même sort.

Lorsque, quelques instants plus tard, la jeune femme revint avec les deux tasses en main, il avait déjà exécuté le quart de la tâche. Et poursuivait son labeur à une cadence effrénée.

– Vous ne vous débrouillez pas si mal. C'est du bon boulot, siffla-t-elle, admirative.

Elle s'accouda à la barrière en bois qui délimitait son jardin potager, et le regarda travailler. Il continua ainsi pendant une dizaine de minutes. Puis, quand toutes les bûches eurent rendu les armes, il posa la hache contre le tas de bois, s'essuya le front du revers de la main, s'approcha d'elle, et s'empara de la tasse qu'elle lui tendait.

– Eh bien, vous êtes drôlement efficace. Ce café, vous l'avez bien mérité.

– Merci. Cela faisait longtemps que je n'avais pas fait le bûcheron.

– Vous en avez pourtant la chemise et la carrure.

Il sourit, et elle aussi. Il était vrai qu'il avait un temps désiré exercer ce métier, mais qu'il s'était rabattu sur la charpente parce que le travail lui semblait plus intéressant. Avec le recul, il se demandait s'il avait fait le bon choix. De toute manière, il était trop tard pour revenir en arrière.

– Alors, cette partie de pêche dans ce lieu idyllique que vous avez promis de me faire connaître, c'est pour aujourd'hui ou pour demain ?

– 21 –
Fishing Point

Les paroles des Blancs sont écrites sur l'eau.

Sitting Bull

Ce matin-là, le ciel était d'un gris couleur de cendres. Un long voile nuageux recouvrait l'horizon, sans menace de pluie. Ils montèrent à bord de la Chevrolet et prirent la route des montagnes. À la sortie de Pine Ridge, le véhicule s'arrêta près d'un tertre. Là, ils se munirent du matériel de pêche, et du pique-nique que Winona leur avait préparé, puis s'enfoncèrent dans la forêt de pins, de trembles et de bouleaux. Ils marchèrent ainsi pendant près d'une heure sans apercevoir autre chose qu'une végétation dense et rougeoyante. L'automne avait changé la forêt en vertige de couleurs, jaune, rouge et or. Et si, déjà, le sol était recouvert d'un tapis de feuilles mortes, la plupart des arbres n'étaient pas encore entrés totalement en hivernage.

Ils parvinrent au sommet d'une colline à l'instant où le soleil, réussissant enfin à percer la couverture des nuages, dardait ses premiers rayons. Là, ils découvrirent un paysage grandiose.

– Nous y voilà ! lança fièrement Winona en désignant la rivière argentée sur laquelle la lumière du jour, à son zénith, projetait comme un liseré composé de milliards de diamants.

Alentour, au milieu des rochers détachés de la falaise, la plaine était parsemée d'arbustes et d'ajoncs. Contemplant le décor qui s'offrait à lui, Richard Adam avait l'impression de le connaître.

Winona descendit dans le ravin par un sentier parsemé de fougères et, lorsqu'elle fut au bord de l'eau, l'invita à le retrouver. Il l'eut bientôt rejointe, et quand il fut à ses côtés il contempla longuement la rivière, observant avec fascination les mouvements de l'onde.

Le chant de l'eau sur les pierres le ressourça aussitôt, lui redonnant l'énergie dépensée pour parvenir jusqu'ici.

– N'est-ce pas un endroit merveilleux ? lui demanda-t-elle.

Il ne put s'empêcher de s'extasier :

– C'est sublime, Winona ! Sublime !

Ils restèrent ainsi longtemps à se nourrir de cette vision d'Éden, le cœur léger, détendus. Ils étaient si près l'un de l'autre que leurs corps se frôlaient. La main de Winona était si proche de la sienne qu'il n'avait plus qu'à faire un geste pour la saisir. Cela aurait été un vertige délicieux, une griserie sans égale, un pur moment de bonheur. Mais il avait trop peur qu'elle le repousse, aussi ne tenta-t-il aucun rapprochement, et resta immobile à contempler le paysage. Soudain le soleil disparut, et la réalité reprit ses droits. Winona sembla sortir de sa torpeur, et proposa :

– Si on déjeunait ? Je meurs de faim.

Ils s'installèrent dans une crique et ouvrirent le panier de pique-nique. À l'intérieur, il y avait des œufs, de la salade de pommes de terre, des petits pains à la viande et aux légumes, ainsi que deux bières. Ils disposèrent le tout sur une couverture et mangèrent de bon appétit.

Sur leurs lèvres était dessinée la satisfaction de se retrouver ensemble en cet endroit paradisiaque. Tout le temps que dura le repas, ils éprouvèrent à peine le besoin de parler, se contentant de savourer chaque seconde de cet instant volé au bonheur. Et lorsqu'ils eurent terminé leur déjeuner, ils restèrent encore de longues minutes à profiter de ce moment unique. Un épisode vécu comme une parenthèse enchantée entre deux saisons.

On avait beau être à la fin de l'automne, ce jour-là le froid était moins vif, et l'on sentait presque par moments la chaleur du soleil.

– Il est temps de pêcher, déclara soudain Richard Adam en se relevant.

Winona acquiesça. Et tandis qu'elle débarrassait les reliefs de leur pique-nique, l'homme au chapeau noir s'attela à la préparation de leur attirail. D'abord, il monta les cannes, fixa plombs, bouchons et hameçons, puis sortit sa boîte à appâts. Il choisit deux beaux vers de vase, et les planta dans les crochets métalliques. Les bestioles, une fois transpercées, se tortillèrent en tous sens. Indifférent à leur souffrance, il tendit la première canne à Winona.

– Voici pour vous.

Elle le remercia d'un battement de paupières. Après avoir testé la souplesse de la seconde canne, il s'empara d'un chiffon, d'une épuisette et d'une nasse, et se porta au plus près de l'eau. Il posa le tout au sol, plongea la nasse sous l'eau après l'avoir fixée à une pierre, et s'empara de sa canne. D'un magistral fouetté du poignet, il lança son hameçon loin devant lui. L'appât, lesté par les plombs, s'éloigna en sifflant, avant de disparaître sous la surface de l'eau. Placée à quelques mètres sur sa gauche, la jeune femme l'imita bientôt.

À plusieurs reprises, il sentit frétiller l'extrémité de sa canne, et l'onde s'agiter autour du fil. Mais chaque fois cela ne donna rien. L'appât avait été rogné, ou alors l'hameçon avait accroché un amas de mousse ou un morceau de bois. Winona, plus chanceuse, fut la première à ferrer un poisson, et à parvenir à le sortir de l'eau. Une truite arc-en-ciel.

– Elle est magnifique ! fit-il observer, partagé entre l'envie et l'admiration.

Il l'aida à décrocher le salmonidé de l'hameçon, et le soupesa :

– Elle doit faire au moins une livre.

– Aux innocents les mains pleines, rétorqua-t-elle avec justesse.

Il ne se démonta pourtant pas, et affirma même d'un ton rempli de certitude :

– Bravo ! Mais la prochaine sera pour moi.

Il enferma la truite dans la nasse, la plongea sous l'eau et la cala contre une pierre. Quelques écailles restèrent collées à ses doigts. Il trempa ses mains dans l'eau de la rivière, et s'essuya avec un chiffon.

Une demi-heure plus tard, le sort lui donna raison lorsque son bouchon s'enfonça enfin sous la surface. À l'instant précis où il sentit le poids du poisson tout au bout du fil, il ne sut pourquoi il ressentit une joie profonde. De longues minutes d'attente, parfois des heures, juste pour vivre cet instant magique. Il n'eut pas à batailler longtemps, car la bête était bel et bien prise. Il la ramena à terre sans forcer, en moulinant tranquillement. Une autre truite arc-en-ciel, légèrement plus petite que celle de la jeune femme, mais qui faisait cependant la maille.

– Un partout, dit Winona avec une pointe de malice. Nous sommes donc à égalité.

Il hocha la tête en signe d'assentiment, puis saisit la truite qui se débattait, la décrocha de l'hameçon, et l'enferma dans la nasse avec la première.

– Je ne savais pas que c'était un concours.

Il n'eut cependant guère le temps de se réjouir de cette prise, car au même instant Winona, apparemment plus douée que lui dans cet exercice, ferra une nouvelle prise. Cette fois, l'affaire sembla plus mal engagée, car au fur et à mesure qu'elle tentait de le ramener près du rivage, le poisson s'en éloignait en dévidant le moulinet. À un moment, la bête, en se débattant, fit un bond hors de l'eau. Ils découvrirent, stupéfaits, un omble jaune de belle taille.

– Si vous ne venez pas m'aider tout de suite, le fil va finir par casser ! lança Winona à l'adresse de son compagnon de pêche.

Richard Adam obéit aussitôt. Délaissant sa canne, il s'empara de l'épuisette, et s'approcha de la rive, prêt à l'y emprisonner. Mais ce qui devait arriver survint. Le fil cassa net, et Winona, surprise, tomba de tout son poids en arrière. L'omble disparut sous l'eau, emportant l'hameçon dans sa gueule.

– Ça va, vous ne vous êtes pas fait mal ? demanda-t-il en se précipitant vers elle.

Il lui tendit la main et la releva. Elle s'écroula

dans ses bras, et il n'eut alors d'autre choix que de la soutenir, le temps qu'elle retrouve son équilibre. Contre toute attente, elle se laissa faire. Ils restèrent ainsi de longues secondes, sans bouger, jusqu'à ce que la jeune femme se libère de son étreinte.

– Non, je crois que tout va bien.

Elle eut soudain un peu froid, et frissonna.

– Il est temps de rentrer, dit-il. Deux truites, c'est déjà bien.

– Oui. Match nul. Mais ça ira pour aujourd'hui.

Il rangea le matériel de pêche, s'empara de la nasse qu'il plaça dans un seau rempli d'eau, et ils prirent la route du retour. Les poissons, il les tuerait et les viderait plus tard, une fois arrivé chez Winona. Ensuite, ils allumeraient un feu, et les feraient griller à la braise, avec un filet d'huile, de la sauge et du citron. Rien qu'à songer à ce délice, il en eut l'eau à la bouche.

Une fois parvenu en haut de la colline, intrigué, il se retourna, contemplant une dernière fois cet endroit paradisiaque. Quand soudain, la vérité lui éclata au visage. Frappé de stupeur, il resta immobile de longues minutes, comme statufié par cette révélation. Ce vallon, cette rivière argentée, il les avait déjà vus. Mais sous un autre ciel, bien plus noir.

Il se trouvait sur le champ de bataille de son rêve.

– 22 –

Winona forever

La paix n'arrive jamais par surprise. Elle ne tombe pas du ciel comme la pluie. Elle vient à ceux qui la préparent.

Tecumseh

Ce fut une journée idyllique.

Installés tous deux sur la terrasse devant le bungalow, ils préparèrent le repas du soir avec une solennité qui en disait long sur leur fierté de se nourrir du produit de leur pêche. Tandis que Winona faisait cuire du riz sauvage dans un bouillon aromatisé, Richard Adam alluma le brasero et y étendit les truites saumonées accompagnées de sauge, de citron et de vin blanc. Sous l'action de la chaleur, la chair se mit à crépiter.

Tandis qu'il surveillait leur cuisson, les retournant délicatement, elle leur servit une bière en guise d'apéritif. Le dîner fut bientôt prêt, et ils passèrent à table peu avant que la nuit ne tombe. Malgré le froid, ils mirent un point d'honneur à rester dehors jusqu'à la fin du repas. Ils mangèrent en silence, et chaque fois que Winona croisait son regard elle le surprenait à la dévorer des yeux.

Ils terminèrent ce festin de roi par quelques fruits et un café. À la suite de quoi Winona se roula une cigarette, l'alluma avec l'une des dernières braises du feu, et fuma avec délectation.

– Vous n'en voulez toujours pas ? dit-elle en désignant le joint qu'elle tenait entre ses doigts.

– Non merci, sans façon.

– Dommage pour vous.

– C'est que je tiens à mes poumons.

– Et moi à mes rêves.

Il sourit, et elle fit de même. Ils sentirent tous deux que le courant passait entre eux, à présent que la glace était brisée.

Un temps, puis elle demanda :

– Que diriez-vous de retourner à la pêche dimanche prochain ?

Richard Adam fit soudain grise mine. En une phrase, elle venait de lui rappeler sa condition de simple visiteur. Il est vrai qu'il n'était que de passage dans la réserve.

– Hélas, je dois rentrer mercredi à Duluth, confessa-t-il en grimaçant.

– Déjà ?

– Oui. On m'attend là-bas.

– Qui ça, votre femme ?

– Non, mon employeur. Je dois reprendre le travail jeudi.

Winona parut contrariée.

– C'est dommage. Juste au moment où je commençais à m'habituer à vous.

Il sourit. Mais ne répondit rien. Il n'avait aucune envie de retourner sur les chantiers de construction des grandes villes. Depuis qu'il l'avait rencontrée, elle, son ciel était ailleurs. Dans la profondeur de ses yeux. Dans l'immensité du ciel au-dessus de la réserve. Dans l'espace qui l'entourait, et qui l'attirait comme un aimant. Mais il n'osait le lui avouer. Et, de toute manière, il fallait bien vivre et travailler pour cela. Il n'avait guère le choix.

– Je voudrais bien rester ici, mais je ne crois pas qu'on pourrait vivre du simple produit de ma pêche et de ma chasse.

– Qui sait ? Mes ancêtres ont vécu ainsi pendant des siècles.

Il savait qu'elle avait raison. Que tout était possible, qu'il suffisait de le décider, même si bien sûr, dans ce contexte précis, cette vie à la Robinson restait une chimère. Il aurait fallu figer cet instant à jamais. La prendre dans ses bras et l'embrasser, goûter à ses lèvres, et lui dire qu'il l'aimait. Mais entamer une relation avec elle alors qu'il savait qu'il devait partir lui semblait un crime odieux. Cela aurait été ajouter de la souffrance à la souffrance. Répandre du sel sur une plaie déjà à vif. Il préférait l'aimer en secret. Et rester distant, malgré l'attirance qu'il éprouvait.

Pourtant une sorte de terreur glacée s'empara de lui à l'idée de la perdre. Pourquoi était-il tombé sous le charme de cette inconnue ? Si rapidement, si violemment que, chaque fois qu'il croisait son regard, il brûlait de désir pour elle. Que lui avait-elle fait pour qu'il en soit ainsi ? Quel sortilège lui avait-elle lancé ? Si une Rêveuse était capable de concocter des philtres, elle devait aussi pouvoir l'envoûter, le tenir en son pouvoir. Il en était certain. Elle devait être à l'origine de tout ça.

Soudain, le ciel s'assombrit et une pluie fine

se mit à tomber. Malgré cela, ils restèrent assis côte à côte, à déguster leur bière en silence. Ce fut sans doute le moment le plus romantique que Richard Adam avait vécu de toute son existence. La présence de cette jeune femme sublime, son parfum de fleurs sauvages, l'odeur de la terre que l'averse démultipliait, la musique de la pluie sur leurs épaules, jusqu'à la saveur de chacune des gorgées de bière. Tout était magique. Comme un avant-goût de bonheur éternel. En même temps qu'un immense gâchis.

Winona perçut le malaise dont il était soudain la proie.

– Quelque chose ne va pas ? lui demanda-t-elle en posant sa main sur son épaule.

Il manqua défaillir. Elle ne l'avait pas seulement frôlé, elle l'avait touché. Or ce simple geste avait eu des conséquences disproportionnées. Il avait ressenti une décharge électrique de dix mille volts lui traverser le corps.

Il tressaillit, devint blême comme un linge. Lui, le colosse sculpté comme un bûcheron, se sentait plus faible qu'il ne l'avait jamais été.

Peu à peu, il reprit ses esprits, lentement recouvra ses forces.

– Non, tout va bien. Juste un moment d'absence.

Il aurait voulu rester à ses côtés, mais il savait que c'était impossible. Avant de la quitter, il regarda Winona droit dans les yeux et lui murmura :

– Je dois y aller maintenant.

Elle avait encore la main posée sur son épaule. Il eut toutes les peines du monde à se défaire de son emprise. Au prix d'un terrible effort, il parvint à se lever, et à l'abandonner. Sans jamais se retourner.

– 23 –

Wounded Knee

Je ne comprenais pas alors tout ce qui s'est achevé là. Quand je regarde maintenant vers le passé du sommet de mon vieil âge, je peux encore voir les femmes et les enfants étendus, massacrés, les corps jonchant le sol du ravin. Je les vois aussi clairement que lorsque je les ai vus avec mes yeux encore jeunes, et je peux voir qu'autre chose est mort dans cette boue sanglante, enseveli dans la tourmente de neige, le rêve d'un peuple a été brisé là. C'était un beau rêve, mais depuis longtemps l'arbre de notre nation, marqué d'une cicatrice, est mort.

Black Elk,
survivant du massacre de Wounded Knee

En fin de journée, Richard Adam se rendit chez Olowan. Il la trouva assise à la table de la cuisine, empaquetant des morceaux de chanvre dans du papier d'aluminium. C'était la première fois qu'elle le faisait ouvertement devant lui. Quand elle avait fini un paquet, elle le rangeait précautionneusement en le dissimulant dans un énorme pot de farine qui trônait sur une étagère. Comme à son habitude, il fit semblant de ne rien voir, s'assit à côté d'elle, et se servit une tasse du traditionnel café qu'elle tenait toujours prêt à l'intention de ses visiteurs. Encore obnubilé par son rêve de la nuit précédente, il ne put s'empêcher de s'en confier à elle. Elle l'écouta religieusement, tout en poursuivant son labeur. Une fois qu'il eut terminé son récit, elle se mit à hocher la tête, sans toutefois y faire la moindre allusion. Elle partagea en deux sa production de chanvre, en garda une moitié pour elle, et tendit l'autre à Richard Adam en lui demandant de la remettre à Winona de sa part. Il accepta sans broncher.

– Comme je sais que vous êtes allés ensemble à la pêche aujourd'hui, et que tu retourneras certainement la voir avant de quitter la réserve, cela m'évitera de m'y rendre moi-même, dit-elle d'un ton de malice.

Il répondit d'un air gêné :

– Je vois que les nouvelles vont vite.

– Téléphone indien !

Il sourit, avant de se saisir du fameux sac. Elle le regarda avec une grande douceur, puis revint tout à coup à son récit.

– Sais-tu que ce dont tu as rêvé correspond à la réalité ?

– Comment ça ?

– Ce n'était pas un rêve, mais une vision.

Comme Richard Adam ne comprenait toujours pas où Olowan voulait en venir, elle précisa en englobant l'espace autour de lui :

– Tout ce que tu viens de me raconter a réellement eu lieu ici, dans les collines, il y a bien longtemps… N'as-tu jamais entendu parler du massacre de Wounded Knee ?

– Si, bien entendu…

Comme il n'en connaissait pas les détails, Olowan lui rafraîchit la mémoire.

– C'était à l'hiver 1890. Les soldats du 7e régiment de cavalerie des États-Unis, commandés par le colonel Forsyth, avaient reçu l'ordre de déloger une tribu indienne retranchée dans un vallon, près de la rivière Wounded Knee. Mais ces derniers étaient bien déterminés à ne pas se laisser manipuler de la sorte. Et lorsque l'armée américaine encercla le campement, disposant tout autour d'eux des mitrailleuses pour les tenir en respect, la tension monta d'un cran. Au matin du 29 décembre, les militaires commencèrent l'évacuation du camp. Pour une raison inconnue, un premier coup de feu retentit, forçant les militaires à riposter. Ensuite, tout dégénéra. Les mitrailleuses entrèrent en action, et un déluge de feu s'abattit sur le camp. Ce fut un véritable massacre. On releva trois cents morts chez les Indiens, contre une vingtaine de militaires. Ce jour-là, toute une tribu de Lakotas Miniconjous, dont plusieurs dizaines de femmes et d'enfants, ainsi que leur chef Big Foot, furent tués sans raison.

Olowan reprit son souffle, avant de poursuivre.

– Cet épisode tragique, considéré comme la fin de la guerre avec les Indiens, est devenu pour les Sioux le symbole des atrocités commises par les colons blancs pour annexer les territoires des premières nations.

– Je comprends que ce massacre reste encore aujourd'hui un traumatisme, mais quel rapport avec mon rêve ?

– Tous les morts que tu as vus en songe sont ceux qui sont tombés à Wounded Knee.

– Tu en es certaine ?

– Je ne vois pas d'autre explication. Et Wounded Knee est l'endroit où t'a emmené Winona.

– Et alors, qu'est-ce que ça veut dire ?

Olowan hésita un instant, puis prit son ton le plus grave et déclara :

– Je n'en sais rien. Mais j'en toucherai un mot à Little Horse. Lui a peut-être une explication à fournir à propos d'un tel phénomène.

– 24 –

Black Hills

On ne vend pas la terre sur laquelle on marche.

Crazy Horse

Le lendemain, Little Horse se présenta devant la demeure d'Olowan bien avant l'aube, s'assit sur la chaise à bascule qui trônait sur le perron, et attendit patiemment Richard Adam. Cela prit tout de même une bonne heure avant que la Chevrolet ne débouche au coin de Badlands Avenue. Le temps pour le vieil homme de fumer tout un calumet de tabac gris et âcre.

Lorsque l'homme au chapeau noir découvrit que le chaman l'attendait, il lui adressa un signe de la main et, une fois près de lui, le salua à la manière indienne.

– Bonjour, Little Horse. Quel bon vent vous amène si tôt, alors que le soleil ne luit pas encore à l'horizon ?

Le vieil homme continua à se balancer un long moment, puis répondit sur un ton de mystère :

– Le vent du souvenir.

Comme son interlocuteur ne voyait pas ce que signifiaient ces paroles, le chaman poursuivit :

– Ta voiture dispose-t-elle d'assez d'essence pour m'emmener au cœur des Black Hills ?

Et, ce disant, il désigna la Chevrolet qui était garée devant la maison.

– Oui, je crois.

– Dans ce cas, je vais te montrer quelque chose que tout Lakota doit connaître.

– Où voulez-vous aller ?

– Au mont Crazy Horse.

Richard Adam savait que c'était ainsi que les Indiens désignaient le mont Rushmore, où l'on pouvait trouver une monumentale sculpture en granit représentant les visages de quatre des présidents les plus emblématiques des États-Unis. Un lieu célèbre dans le monde entier, toutefois sujet à controverse pour les Indiens. Mais il ne fit aucune remarque à ce sujet, et se plia bien volontiers à la demande de Little Horse.

Il fallut tout de même attendre une bonne partie de la matinée avant de se décider à partir. Temps perdu en palabres à décider qui les accompagnerait. Ce n'est qu'à onze heures que les deux hommes, accompagnés d'Abey, de Black Hair et de Dusti Rose, quittèrent Pine Ridge sous le regard amusé d'Olowan et de sa nombreuse progéniture. Les douze habitants de la demeure avaient prétendu faire partie du voyage, mais devant le manque de place il avait fallu tirer au sort. Et, ironie du sort, c'étaient l'aînée et les deux plus jeunes que le hasard avait désignés pour cette aventure.

Pendant le trajet en direction de Rapid City, Richard Adam apprit du vieil homme une foule de renseignements au sujet des Black Hills et de leur fameux mémorial. Ce massif montagneux était connu pour être le centre spirituel des Indiens depuis qu'ils en avaient chassé les Cheyennes en 1776. Le dernier traité de Fort Laramie, signé en 1868, leur en avait garanti la propriété. Mais devant la découverte d'or dans ces collines en 1874, la donne avait changé du tout au tout. Compte tenu de la large affluence des prospecteurs, le gouvernement avait rapidement confisqué les terres aux Lakotas, et les avait peu à peu parqués dans des réserves.

Lorsque, après un peu plus de deux heures de route, ils parvinrent au pied du monument, les enfants accueillirent les visages des présidents George Washington, Thomas Jefferson, Theodore Roosevelt et Abraham Lincoln sculptés dans la pierre avec des cris de joie. Little Horse, lui, semblait beaucoup plus réservé.

– Et voilà ce que je voulais te faire découvrir, tempêta le chaman en désignant l'ignominieux mémorial. L'insulte suprême. L'injure faite aux Indiens. Les dirigeants qui ont rompu les traités avec les Indiens ont leur portrait érigé dans le lieu le plus sacré qui soit, tandis que les nôtres sont réduits à l'état de cendres.

Il reprit, avec plus de véhémence encore :

– À la place de ces quatre parjures, il devrait y avoir les visages de Crazy Horse, Sitting Bull, Red Cloud et Black Elk !

Tandis qu'Abey emmenait Dusti Rose et Black Hair au plus près du monument, les deux hommes restèrent en retrait de la scène, se contentant de contempler de loin l'immense sculpture. Le visage du chaman avait un air de dégoût dont il ne parvenait à se défaire.

– Connais-tu quelque chose de plus humiliant pour un être humain ? conclut-il avec amertume.

Richard Adam ne répondit rien. D'ailleurs, qu'aurait-il pu répondre ? Il n'était pas né dans la réserve.

– L'homme blanc a toujours promis, et n'a jamais tenu aucune de ses promesses. Il a promis qu'il nous laisserait en paix, et il nous a fait la guerre. Que nous garderions nos terrains de chasse, et il nous a parqués dans des réserves. Que nous conserverions la richesse de notre culture, et il nous a offert le chômage, l'alcool et la misère. Puis, comme il n'en avait pas encore assez, il a acheté nos terres pour une bouchée de pain, et nos braves ont été obligés d'accepter. Mais cette transaction ne vaut rien à nos yeux, car pour un Indien on ne vend pas la terre sur laquelle on marche, et qui appartient à tout le monde. Avant l'arrivée de l'homme blanc, les Indiens étaient heureux dans ces montagnes. Pourquoi a-t-il fallu qu'il vienne jusqu'ici nous voler nos terres et empoisonner nos vies ?

Malgré la tristesse qui l'envahissait, Little

Horse continua à invectiver les quatre parjures dont le visage était sculpté dans la pierre. Lorsqu'il en eut assez, il porta ses yeux au ciel, et adressa une prière aux forces de la nature qui habitaient la montagne.

– Toi, montagne sacrée, pardonne-leur de t'avoir défigurée. De t'avoir salie, humiliée, dénaturée. Tout le malheur de l'homme blanc provient du fait qu'il s'est coupé de la nature et de ses forces. Dans l'enfer des villes, il n'y a plus de contact possible avec le vivant. Pour pouvoir communiquer avec ce qui nous entoure, il faut d'abord apprendre à lire et comprendre la nature. La puissance du vent, l'arrivée de la pluie, le langage des plantes, les empreintes des animaux. Tout cela est écrit dans le grand livre de la nature. Il suffit de savoir l'interpréter. C'est ce que fait l'Indien, et plus encore le chaman. Être chaman implique une perception lucide du monde et de l'humain, une force d'esprit et un grand cœur. Mais l'homme blanc, lui, n'a pas de cœur.

Il ajouta encore à l'adresse de Richard Adam :

– Si je confie tout cela à la montagne, c'est pour la guérir de ses blessures.

– Je comprends très bien, Little Horse.

Le visage du chaman s'illumina.

– J'ai tout de suite su que tu possédais les mêmes pouvoirs que moi.

– Comment ça ?

– D'abord tu as guéri Jumping Eagle, puis tu as changé les cendres en papillons, et maintenant tu as fait ce rêve. Je peux affirmer que, toi aussi, tu es un visionnaire, un *medicine man*, un chaman.

Le visage de Richard Adam s'illumina.

– Un chaman ? Vous le pensez réellement ?

– J'en suis certain.

– Pourtant, une épaule remise en place ou un rêve ne constituent pas des miracles. Quant aux papillons, je suis désolé de vous décevoir en vous avouant cela, mais je n'y suis strictement pour rien.

Little Horse s'indigna devant une telle incrédulité.

– Justement. Tu as fait tout cela sans t'en rendre compte. Ce qui prouve tes dons de voyant. Tu es un guérisseur, un *medicine man*, un chaman. Ça, je peux te le jurer ! Tu possèdes le don. Et le pire, c'est que tu ne t'en rends même pas compte !

Comme l'intéressé hésitait encore à croire le vieil homme, ce dernier renchérit :

– Crois-moi, je sais de quoi je parle.

Puis il conclut d'un ton ferme :

– Demain soir, viens dans mon tipi, et tu comprendras. Il te faut en avoir le cœur net. Et aussi trouver ton animal totem.

Richard Adam fut tout à la fois ravi et effrayé par cette demande. Demain était en principe son dernier jour à la réserve. Il devait être de retour à Duluth mercredi, sinon il serait en faute vis-à-vis de son employeur. Pourtant, il ne savait pourquoi, son instinct le poussait à obéir à Little horse.

– Mon animal totem ?

– Oui. Chaque être humain possède en lui les vertus d'un animal. Pourquoi crois-tu que je me nomme Little Horse ? Lorsque pour la première fois, il y a des années de cela, j'ai parcouru en rêve les prairies et la forêt, c'était sous la forme d'un petit cheval.

Le vieil homme précisa encore :

– Le tien, tu le connaîtras en rêve. Lorsque, grâce au breuvage hallucinogène que je te donnerai, tu entreras en transe, alors tu sauras réellement qui tu es.

Breuvage hallucinogène. Transe. Animal totem. Richard Adam se sentait déchiré, partagé entre la peur et la fascination. Peur de l'inconnu, et d'apprendre que Little Horse s'était trompé sur son compte, qu'il n'était qu'un homme ordinaire. Et fascination de savoir qu'il était un guérisseur. Il avait tout à la fois l'envie de renoncer et d'accepter. Il hésita quelques secondes, puis comprit que l'occasion de se connaître enfin ne se représenterait peut-être plus jamais. Après tout, ce n'était qu'à une danse des esprits que le vieux chaman l'invitait…

– C'est d'accord, acquiesça-t-il enfin.

Le visage de Little Horse s'illumina comme s'il venait de trouver un fils. Il posa sa main sur son épaule et l'étreignit avec force.

– Va prévenir les enfants que nous rentrons à la réserve. J'en ai assez de la civilisation américaine. Je veux redevenir un Indien.

Cette dernière phrase impressionna tant Richard Adam qu'avant de quitter le mont Rushmore il la coucha par écrit.

Il s'arrêta au drugstore, où il fit l'acquisition d'une carte postale et d'un timbre. Se souvenant de la promesse qu'il avait faite à son patron juste avant son départ de Duluth, il y rédigea un message énigmatique qui intrigua l'intéressé lorsque, quelques jours plus tard, il le reçut dans sa boîte aux lettres.

« Cher monsieur Nashe,

Même si elles touchent bientôt à leur fin, mes vacances dans le Dakota du Sud se passent à merveille.

Je vais bien, ne vous en faites pas pour moi. D'ailleurs, je vais beaucoup mieux depuis que je suis redevenu un Indien.

Richard Adam »

– 25 –

Medicine man

Le vieux Lakota était un sage. Il savait que le cœur de l'homme éloigné de la nature devient dur. Il savait que l'oubli du respect dû à tout ce qui pousse et à ce qui vit amène également à ne plus respecter l'homme. Aussi maintenait-il les jeunes sous l'influence de la nature.

Standing Bear

Ce soir-là, une fois seul dans sa chambre, Richard Adam revécut en boucle les événements de la journée. Et réfléchit à ce que lui avait confié Little Horse au sujet de ses supposées dispositions de chaman.

C'est alors qu'il songea à tous les événements inexplicables auxquels il avait été confronté durant sa vie. Il y avait bien sûr les plus récents, comme l'épisode des papillons, le rêve, son doigt cicatrisé, ou encore l'épaule démise de Jumping Eagle. Mais déjà, enfant, il avait maîtrisé tous ces pouvoirs. Il se souvenait d'un oiseau blessé qu'il était parvenu à soigner, d'une brûlure sur le visage de sa mère qu'il avait réussi à lever par simple imposition des mains, et encore de tout un tas d'autres guérisons miraculeuses. En vérité, il avait toujours possédé ce don particulier de soigner sans y prêter vraiment attention. Même s'il ne s'était jamais interrogé sur le côté étrange de telles facultés. Pour lui, il était aussi naturel de remettre une épaule en place que d'ouvrir les yeux le matin et de comprendre qu'il était l'heure de se lever. Cela faisait intrinsèquement partie de lui. Il ne s'en était jamais étonné, jusqu'à aujourd'hui. Jusqu'à ce qu'on lui fasse comprendre qu'en réalité il n'y avait rien de naturel à cela. Le commun des mortels était incapable de telles prouesses, il voulait bien l'admettre. Même si cela le perturbait profondément, il devait se rendre à l'évidence. En vérité, il était un chaman. Un *medicine man*.

Pour son dernier soir dans la réserve, Richard

Adam reçut donc sa première initiation chamanique. Assis en tailleur dans le tipi de Little Horse, il avala une substance grisâtre, trouble et amère que le vieil homme avait confectionnée pour lui. Tandis que le chaman, s'accompagnant d'un tambour, psalmodiait un chant destiné à invoquer les esprits, Richard Adam but lentement l'étrange breuvage, grimaçant à chaque gorgée. La potion avait un goût d'écorce, de terre et de cendres.

Au début, il ne ressentit aucun effet notable. Mais, quelques minutes après son absorption, un changement radical s'opéra en lui, comme s'il entrait peu à peu dans un état second sous l'action de la plante. Bientôt tout son esprit chavira, entama une danse folle, une bacchanale infernale. Il eut soudain la désagréable impression qu'il vomissait son âme. Son cerveau parut en rupture avec son corps, devenant un étranger entré par effraction dans cette enveloppe qui ne lui appartenait plus vraiment. Au rythme de la musique, tout se mit à tourner autour de lui, et bientôt il perdit connaissance et s'écroula lourdement sur le sol. Alors il commença à délirer. Un peu comme s'il devenait extralucide, il se sentit capable de prouesses hallucinantes, comme reproduire de mémoire la carte du monde, le trajet kilomètre par kilomètre entre Duluth et Pine Ridge, ou réciter tous les versets de la Bible. Mais peu après, ces prouesses furent balayées par de nouvelles visions qui s'entrechoquèrent. Ainsi vit-il défiler devant ses yeux toutes les images de sa vie. Il assista à leur déferlement, complètement extatique, à une vitesse incroyable. À aucun moment il n'eut le moyen de se soustraire à ce kaléidoscope vertigineux. L'enfance, l'adolescence, l'âge adulte, tout se mêla dans un maelström étonnant, un film en accéléré, sans aucune pause, et qui semblait n'avoir pas de fin. Cela dura des heures, avant qu'il ne finisse par tomber dans un profond sommeil.

Cette nuit-là, sa tête fut emplie des sphères étoilées de ses propres hallucinations, comme si son cerveau embrumé par l'absorption de cette boisson aux vertus psychotiques avait quitté les rives de la réalité pour s'égarer dans un labyrinthe de songes narcotiques. Il voyagea dans un néant rayé de rêves, un vide immense et noir où l'angoisse était représentée par un sablier à l'intérieur duquel il tombait lentement, noyé sous un torrent de sable. Puis soudain le décor changea, et il vit passer au-dessus de lui un ballet de papillons, les aigles de la connaissance, entendit la cavalcade des bisons dans les Grandes Plaines, devina le ululement des chouettes, perçut le hurlement des loups à la lune. C'est alors qu'il se changea en loup et comprit quel était son animal totem.

Il devint l'un d'entre eux et se vit détalant dans une forêt de pins et de peupliers, la truffe au vent et les oreilles aux aguets. Il entendit le murmure des sources, le rythme du cœur de la terre, la course du sang dans ses veines. Il prit le pouls fiévreux de la nuit, et changea sa course en furie. Il traversa ainsi des territoires aussi vastes que des pays, et parvint au bout de la terre, où l'attendait la fin du monde, sous la forme d'un immense précipice.

Et soudain la tempête éclata, l'orage se mit à gronder et une pluie diluvienne s'abattit sur lui. De grandes flaques sombres, piquetées d'aiguilles, noyèrent le sol. C'était la première fois qu'il se trouvait dans le corps d'un loup.

Lorsque Richard Adam s'éveilla enfin, le soleil était déjà haut dans le ciel. Mais lui ne voyait rien qu'un bout de toile tendue. Il était toujours à l'intérieur du tipi, et le chaman veillait sur lui.

Little Horse lui laissa le temps de revenir

au moment présent, puis le questionna sur la teneur de son rêve.

– As-tu trouvé quel est ton animal totem ?

Richard Adam lui confia alors sa vision. Ce voyage initiatique l'avait révélé.

Little Horse hocha la tête longuement. Puis, tout en tirant sur son calumet quatre bouffées qu'il exhala en volutes, il déclara :

– Désormais, ton nom indien sera Wild Wolf. Mais prends garde. Un loup solitaire est bien souvent un animal perdu.

– 26 –

Pennington

Si le grand esprit avait voulu que les hommes soient sédentaires, il aurait fait le monde immobile. Mais il a fait qu'il change toujours, afin que les oiseaux et les animaux puissent se déplacer et trouver toujours de l'herbe verte et des baies mûres. L'homme blanc n'obéit pas au grand esprit. C'est pourquoi nous ne pouvons être d'accord avec lui.

Flying Hawk

Richard Adam comprit que le vieil homme avait raison. Il était donc un loup solitaire, un animal sauvage et rusé qui se méfiait de tout et de tous. En quelque sorte, une nature bien difficile à apprivoiser.

En dépit de cette certitude, il devait pourtant se rendre à l'évidence : il avait réussi à nouer des liens avec certaines personnes de la réserve. Même si ce voyage touchait à sa fin, qu'il était temps de rentrer, il ne pouvait que s'enorgueillir de ce succès.

Il retourna donc à la pension, rassembla ses affaires, et régla sa note. Puis il monta à bord de sa Chevrolet et prit une dernière fois la route du 101, Badlands Avenue. Il voulait saluer Olowan et ses enfants avant de regagner Duluth. Mais en arrivant chez elle, il comprit qu'il se passait quelque chose d'étrange.

La rue entière semblait en proie à une agitation particulière. Une foule était rassemblée devant la maison d'Olowan, non loin d'une voiture de police, sirène éteinte et gyrophare allumé.

Il gara son véhicule, en sortit à toute vitesse et se précipita vers la première personne qu'il put interroger.

Il s'agissait d'Abey, l'aînée de la famille.

– Que se passe-t-il ? lui demanda-t-il.

Elle lui jeta un regard dans lequel il put lire peur et panique.

– La police vient d'arrêter maman.

À cet instant, deux flics firent irruption de la maison, encadrant Olowan menottée. Il s'agissait du sergent et de son assistant, les deux mêmes policiers qui l'avaient contrôlé à son arrivée à Pine Ridge. Le motif de leur intervention n'était pas bien difficile à deviner. Ils venaient de la mettre aux arrêts pour trafic de chanvre.

Olowan, qui tentait encore de se débattre malgré ses entraves, fut traînée au-dehors de la demeure, puis projetée violemment sur le capot de la voiture. Ses cris de rage à l'encontre des policiers ne firent qu'exciter la colère des chiens.

– Tiens-toi tranquille et fais-les taire.

– Faites-les taire vous-mêmes ! leur cracha-t-elle au visage.

– Où caches-tu le chanvre dont tu fais commerce ? demanda encore le flic.

– Quel chanvre ? minauda-t-elle, toujours aussi peu encline à coopérer. Je ne sais pas de quoi vous voulez parler.

– Inutile de t'obstiner, on finira bien par en retrouver la trace. En attendant, on te conduit à la maison d'arrêt de Pennington. J'ai là un mandat en bonne et due forme qui va t'envoyer à l'ombre pour un bout de temps.

Et, sous le regard de la foule, le sergent déplia un document signé par le juge qui avait instruit l'affaire.

Richard Adam hésita à intervenir, mais à peine eut-il fait un pas dans leur direction que les policiers dégainèrent leur arme et le tinrent en respect. Il ravala sa colère, et resta stoïque.

Oppressés par la foule, les policiers forcèrent Olowan à monter à l'arrière du véhicule. S'ils ne décampaient pas rapidement, ils prenaient le risque que la situation dégénère à tout instant. La voiture de police démarra en trombe, soulevant un nuage de poussière qui tourbillonna dans les airs comme l'augure du malheur dans un ciel d'une grande pureté. Toutes sirènes hurlantes, le véhicule s'éloigna en direction de la prison du comté.

Dusti Rose, les yeux encore embués de sommeil, s'approcha de Richard Adam et le prit par la main. Elle serrait dans ses bras une poupée de chiffon.

– Est-ce que maman a fait quelque chose de mal ? demanda-t-elle avec une innocence désarmante.

Il hésita quelques secondes sur la réponse

à formuler. Prit l'enfant sous son aile. Puis déclara avec un élan de sincérité :

– Non. Elle n'a rien fait de mal. Elle a juste essayé de vous élever sans l'aide de quiconque…

Il ajouta encore :

– Elle reviendra bientôt, je te le promets.

– 27 –

Wild is the wind

Une nation n'est pas conquise tant que les cœurs de ses femmes ne sont pas à terre. Alors seulement, c'est la fin. Quelle que soit la bravoure de ses guerriers ou la force de leurs armes.

Proverbe cheyenne

Pour Richard Adam, il n'était plus temps de songer à partir. Il fallait avant toute chose prévenir Winona. Il confia Dusti Rose à Abey, sauta dans sa Chevrolet et roula à tombeau ouvert jusque chez elle.

Tout au long du chemin, les doigts crispés sur le volant, il répéta, comme mû par un pressentiment terrible :

– Pourvu qu'il ne soit pas trop tard. Pourvu qu'il ne soit pas trop tard…

Mais une fois parvenu chez elle, il comprit qu'il était arrivé irrémédiablement trop tard. Et que, probablement, il s'en voudrait toute sa vie.

Le corps sans vie de Winona reposait à quelques mètres du bungalow. Elle était étendue sur l'herbe recouverte de givre, les bras le long du corps, le visage tourné vers l'infini du ciel. Les rubans de sa chevelure sombre comme la nuit claquaient dans le vent glacial qui lui servait de linceul, produisant une douce musique funèbre. Ses lèvres étaient bleuies de froid, sa peau, diaphane, et ses yeux, clos. Le masque mortuaire qu'avait appliqué la Camarde sur son visage fixait à jamais sa beauté dans l'éternité. De son poignet droit s'écoulait un mince filet de sang.

Il se précipita vers elle, éclata en sanglots tandis qu'il la serrait contre elle. En vain. Elle était partie pour l'autre monde.

Il voulut hurler, mais aucun son ne sortit de sa poitrine.

Alors il la prit par la main et, ne pouvant retenir ses larmes, il resta allongé à ses côtés, entrant peu à peu dans une vallée de souffrance et de malheur.

Les circonstances du drame n'étaient pas difficiles à deviner. Quelqu'un l'avait devancé, sans doute par téléphone, la prévenant de l'arrestation d'Olowan. Winona avait alors compris qu'elle aussi était perdue. Or elle ne se voyait pas moisir en prison, elle l'avait déjà clamé haut et fort. Elle aurait pu quitter la réserve, bien sûr, et s'enfuir dans les montagnes, mais tôt ou tard on l'aurait rattrapée. En définitive, cette fuite en avant n'aurait servi à rien. Non, elle ne voyait qu'une sortie possible. Celle qui lui paraissait la plus digne. Ultime acte de bravoure, elle avait décidé que, pour elle, il n'y avait pas d'autre issue que la mort.

Alors elle s'était vêtue de sa plus belle robe de Rêveuse, brodée de perles de nacre, avait chaussé ses bottes, et lissé sa longue chevelure sombre pendant de longues minutes. Tout en dévisageant son reflet dans la glace, elle avait vu non plus une Lakota Oglala, une Indienne de sang au visage pur et aux yeux noirs, mais l'ombre diaphane d'une morte.

Elle s'était emparée d'un couteau, puis était sortie de chez elle et s'était étendue dans l'herbe. Elle avait récité une courte prière, puis avait fermé les yeux.

Et, d'un geste rageur, s'était tailladé les veines.

– 28 –

Lost Winona

Saviez-vous que les arbres parlent ? Ils se parlent entre eux. L'ennui, c'est que les Blancs n'écoutent pas.

Walking Buffalo

L'après-midi de ce jour maudit, Richard Adam ressentit la douleur du manque avec une rare violence. C'était comme si on lui avait déchiré des lambeaux de chair à mains nues, et que tout son corps était à vif. Comme si on lui avait arraché le cœur et qu'on l'avait donné en pâture à des chiens. Il lui semblait que même son âme saignait. Il n'était plus qu'une plaie sanguinolente, un guerrier mort au champ de bataille, un loup dévoré par la meute.

Le corps sans vie de Winona reposait dans un cercueil ouvert, au centre de la salle communale de Pine Ridge. Et toute la tribu des Oglalas était réunie autour d'elle pour une cérémonie de deuil, une danse sacrée à la gloire de la jeune fille. Elle qui avait osé braver les autorités, elle qui avait choisi une mort glorieuse plutôt que l'enfermement était devenue, en l'espace de quelques heures, une héroïne légendaire aux yeux de la tribu. En cela, elle avait agi avec bravoure et sacrifice, comme l'avaient fait avant elle ses ancêtres.

Richard Adam aurait voulu tout organiser, mais au dernier moment les forces lui manquèrent, et il dut céder sa place aux femmes de la tribu. Ce sont elles qui habillèrent Winona pour son dernier voyage vers le territoire des ombres, elles qui la parèrent comme une déesse indienne, elles qui lui donnèrent les derniers sacrements. Lui se sentait exsangue, incapable de détacher son regard du corps de la jeune femme à laquelle il semblait lié de toute éternité.

Ce fut une belle cérémonie, pourtant triste comme un jour d'hiver. Lorsque tout le monde eut quitté la salle, il demeura seul de longues heures près de son cercueil à la pleurer. Les autres, conscients que ces deux êtres s'étaient aimés au-delà de la raison, lui laissèrent le champ libre.

Cette nuit-là, la plus cruelle de son existence, l'hiver survint comme un voleur au bal des saisons, et en quelques heures chassa l'automne de son trône. Il se mit à neiger en abondance sur la réserve indienne de Pine Ridge. Le ciel se voila, prenant ses apparats de morte saison. De gros flocons tourbillonnèrent dans le vent et tombèrent sur la réserve, la saupoudrant d'un épais manteau blanc. En quelques heures à peine, le paysage devint un décor de cristal.

La mort de cette femme, la seule sans doute qu'il eût aimée de tout son cœur, lui causa un tel émoi qu'il eut l'impression de perdre toute trace d'humanité.

C'est alors qu'il devint fou. Fou de rage, de colère et de fièvre. Il finit par abandonner le corps et, malgré le froid et les intempéries, se mit à courir en direction de la colline, là où il avait répandu les cendres de sa mère. Alors, il laissa libre cours à son désespoir. Ivre de souffrance, il se déchira la chair avec les ongles, se mordit les lèvres jusqu'au sang, et hurla jusqu'à tomber d'épuisement, à genoux, sur le sol recouvert de neige. Il pouvait sentir la douleur suinter de l'écorce des arbres, de l'herbe gelée, comme si toute vie sur cette Terre pleurait la mort de son amour perdu.

– 29 –

Blood Point

Avant de juger quelqu'un, il faut avoir marché plusieurs lunes dans ses souliers.

Proverbe amérindien

Il fallut plus d'une heure à Richard Adam pour recouvrer ses esprits et se décider enfin à partir. À présent que l'âme de Winona s'était envolée, que celle de Tallulah reposait en paix, et qu'Olowan croupissait en prison, il savait qu'il n'avait plus rien à faire dans la réserve. Mais il savait aussi qu'il n'avait plus rien à faire non plus à Duluth. Son âme, à sa manière, s'était, elle aussi, envolée vers des contrées insoupçonnées. Étranger à son propre corps, il ne s'était jamais senti aussi absent de lui-même. Comme un automate, il monta à bord de sa voiture, enclencha la première et roula au hasard.

Non loin de la pancarte indiquant PINE RIDGE, il croisa une voiture de police. Au volant, il reconnut le flic qui l'avait arrêté le jour de son arrivée devant le bâtiment fédéral. Et qui venait de mettre Olowan en prison. Étrangement, il était seul à l'intérieur de son véhicule.

Comme il conduisait lentement, un peu trop au milieu de la route, le flic crut qu'il était ivre. Il freina d'un coup sec et décida alors de procéder à un contrôle d'identité. Il mit sa sirène en marche, fit demi-tour et rattrapa bientôt la Chevrolet. La braquant dans la lumière de ses phares, il invita son conducteur à se ranger sur le bas-côté.

Ce dernier hésita quelques secondes sur la décision à prendre, puis finit par obtempérer. Il se gara, et attendit bien sagement que le policier descende de voiture et se dirige vers lui.

– Bonsoir. Vous avez bu ?

– Non, pas une goutte.

– C'est ce qu'on va voir. En attendant, montrez-moi les papiers du véhicule.

Il les sortit de la boîte à gants et les lui tendit.

– Vous vous nommez Richard Adam, n'est-ce pas ?

Il se souvint alors des paroles de Little Horse et, contre toute attente, rétorqua :

– Non. Ce n'est plus ainsi que je m'appelle.

– Qu'est-ce que vous me chantez là ? demanda le policier.

L'homme au volant de la Chevrolet tourna son visage vers lui et découvrit ses yeux.

– Désormais, mon nom est Wild Wolf.

C'est alors que le visage du flic devint livide. Il venait d'apercevoir la Winchester, calée entre les jambes du conducteur.

– Ne bougez pas ! hurla-t-il aussitôt en portant la main à son arme.

Mais l'homme qui désormais se faisait appeler Wild Wolf ne lui laissa aucune chance. Il s'empara de l'arme, pointa le canon à hauteur de la poitrine du policier et appuya sur la détente.

La décharge fut assourdissante. La balle de calibre 16 traversa le corps du policier, qui se recroquevilla comme un insecte jeté dans un brasier, avant de s'écrouler avec fracas sur le sol. Il fut traversé d'un dernier soubresaut, cracha un flot de sang, et mourut.

Le conducteur lui jeta un regard dénué de haine et releva la vitre. Désormais il ne ressentait plus aucune colère. Juste le sentiment d'avoir rendu justice. Soulagé, il posa le fusil encore fumant sur le siège passager, enclencha la première et s'éloigna lentement.

Derrière lui, une grande flaque rouge s'étoilait sur la neige.

– 30 –
Winter

Qu'est-ce que la vie ?
C'est l'éclat d'une luciole dans la nuit
C'est le souffle d'un bison en hiver
C'est la petite ombre qui court dans l'herbe
Et se perd au coucher du soleil.

Crowfoot

Après le drame, Wild Wolf comprit qu'il n'avait pas d'autre échappatoire que de s'enfoncer au cœur des Black Hills, comme s'il était écrit depuis la nuit des temps que c'était là que devait s'achever sa route. À défaut de prendre la direction de Sioux Falls, il roula vers le nord-ouest. Et disparut corps et biens au cœur des montagnes sacrées des Lakotas.

En hiver, exception faite de quelques trappeurs, personne ne vivait à cet endroit. C'était un territoire vierge, une nature hostile où ne survivaient qu'une poignée de bêtes sauvages.

Au volant de sa Chevrolet, il s'enfonçait encore plus avant au cœur des montagnes, sans espoir de retour. S'il devait mourir, ce serait de la manière dont il l'aurait décidé, loin de la furie des hommes, de leur colère, et de leur justice partiale. Il voulait se prouver qu'il était un véritable guerrier lakota, un Indien de la lignée des Crazy Horse, Sitting Bull et Gall. S'il devait mourir, ce serait seul dans la nature, comme un Indien. Pour l'heure, il devait mettre le plus de distance possible entre lui et ceux qui, immanquablement, étaient déjà à ses trousses.

Il roula tant qu'il put, sur des routes à peine carrossables, et lorsqu'il tomba en panne d'essence et abandonna tout naturellement son véhicule, il rassembla ses affaires et poursuivit à pied.

Quand l'alerte fut donnée et que les policiers de Rapid City, prévenus par ceux de Pennington, retrouvèrent la Chevrolet Cavalier abandonnée sur le bord de la route, non loin de la frontière avec le Wyoming, son propriétaire était déjà loin. Il n'était déjà plus qu'un point noir perdu dans la neige dont les traces avaient été balayées par le vent.

Wild Wolf marcha des heures durant dans un décor d'une blancheur virginale. Excepté le bruit du vent, et celui de ses pas crissant dans la neige, il était perdu au milieu d'un cocon de silence. Peu avant que la nuit ne tombât, il aperçut une cabane nichée au fond d'une vallée. Sans doute le refuge d'un trappeur. Il dut traverser une rivière gelée pour l'atteindre, risquant à tout moment de passer au travers de la mince couche de glace qui recouvrait les eaux.

Là, il força la porte et, par bonheur, trouva une paillasse suffisamment accueillante pour s'y étendre. Un confort rustique et relatif, mais luxueux pour un homme épuisé. Il s'y étendit avec une espèce de soulagement animal, et s'endormit aussitôt.

Ce fut le froid qui le réveilla. Il grelottait. La cabane disposait bien d'un ancien poêle à bois, mais par crainte de se faire repérer il renonça à faire un feu. Il était encore trop près de la civilisation pour se croire tout à fait libre. Il se recroquevilla sur lui-même et, tout en claquant des dents, attendit le lever du jour.

Au matin, en passant la main sur son visage, il constata que la marche forcée de la veille par moins dix degrés avait dessiné sur ses joues des brûlures de froid. La signature du gel. Il se résolut à allumer le poêle. À présent qu'il faisait clair, il courait moins de risques de se faire repérer. D'autant qu'au-dehors c'était le jour blanc. Comment aurait-on pu déceler un nuage de fumée dans cet épais brouillard ?

Il trouva une provision de bois dans un réduit attenant, le disposa dans l'âtre, et se servit de son briquet pour allumer le feu. Les premières flammes créèrent en lui une douce sensation de bien-être, ce qui lui redonna espoir. Il sentit même la faim lui tenailler le ventre.

Il se souvint alors qu'il n'avait rien avalé depuis plus de vingt-quatre heures, et qu'il ne tiendrait plus très longtemps à ce régime-là. Il commençait à ressentir des vertiges, et la sensation du froid ne le quittait plus, même au contact du feu.

Il se contenterait de ce que lui offrirait la Providence. La cabane des Black Hills n'avait certes pas le confort de celle de la Pigeon River, cependant elle disposait de quoi tenir un siège. Dans un garde-manger creusé dans la pierre, il trouva une dizaine de boîtes de conserve, un paquet de riz, du sucre, des pâtes et des sachets de soupe lyophilisée. Sans doute une réserve que le propriétaire des lieux avait aménagée pour lui dans la prévision d'une retraite forcée. Cela tombait à pic, car il n'avait plus de forces. Il se rua sur la première boîte de conserve avec l'avidité d'un loup.

Dès la première bouchée, il se sentit mieux. Après son repas, il eut même le courage de sortir de la cabane et d'inspecter les alentours. Il découvrit qu'il pouvait puiser de l'eau en cassant la glace qui protégeait la rivière. Il avait de quoi se nourrir et se désaltérer. Il était donc provisoirement sauvé.

Cependant, une question restait en suspens. S'il ne voulait pas que les policiers retrouvent sa trace, il devait quitter la cabane et s'enfoncer plus profondément encore dans les montagnes. Il aurait beau emporter toutes les victuailles dont il disposait, combien de temps tiendrait-il seul dans un espace aussi hostile ? S'il n'avait été initié par le vieil Indien, sans doute serait-il mort au bout de quelques jours. De faim, de froid, ou dévoré par une bête sauvage. Mais dès lors qu'il agissait en chaman, rien n'était plus pareil. Il était résolu à se confondre avec la nature, à faire corps avec les éléments, à devenir un animal sauvage.

À vrai dire, Wild Wolf n'était déjà plus vraiment humain. Peu à peu, il devenait un loup parmi les loups, un esprit de la nature dansant sur la neige.

– 31 –
Wild Wolf

Dans la meute, j'ai ma vie
Dans la nature, je survis
Dans ma tanière, je me réfugie
Loup, je suis.

Anonyme

Tout autour de lui était désespérément blanc. La ramure des arbres se confondait avec le sol, le sol, avec l'horizon, l'horizon, avec le ciel. Et le silence qui lui servait de linceul faisait comme un grand manteau de glace et de givre dont il ressentait le poids sur ses épaules. À l'exception toutefois des ruisseaux qui, protégés du gel par l'épaisse couverture de neige cristallisée par le froid de la nuit, coulaient tranquillement. Il les entendait parfois quand lui parvenait, d'une trouée, leur douce musique chantante. Il arrêtait alors sa marche forcée, remplissait sa gourde et se désaltérait à petites gorgées. L'eau était si glacée qu'elle lui brûlait les poumons, comme si des milliers de lames de verre plantaient leurs aiguilles acérées à l'intérieur de sa poitrine. Pour ne pas se laisser envahir par cette étrange sensation, il finit par garder longuement chaque gorgée en bouche avant de l'avaler, même si cela le faisait horriblement souffrir.

De jour, il avançait à pas mesurés. Chaque mètre était un effort, une conquête, une victoire sur lui-même. Avec l'avancée du soleil, la neige se mettait à craquer sous son poids. Il tombait alors dans des ornières l'ensevelissant parfois jusqu'à mi-cuisse. Il lui fallait de nombreuses heures pour franchir seulement quelques centaines de mètres. Voilà pourquoi il préférait évoluer le matin, lorsque le sol était encore ferme et la terre, suffisamment gelée.

À midi, il choisissait une place pour se reposer un peu et, surtout, se sustenter. Peu avant la tombée du jour, il campait sur un replat, bien à l'abri sous un arbre ou un rocher. L'endroit idéal pour bivouaquer et faire un feu. Il lui restait une boîte d'allumettes et des éclats de bois qu'il gardait précieusement dans son sac pour allumer ce foyer salvateur. Ensuite il se mettait en quête de bois mort qu'il dénichait sur les arbres et non sur le sol, certain que leur taux d'humidité serait moins élevé.

Les derniers jours, il marcha encore vers le nord, mais cette fois dans un état proche de l'engourdissement. Ses mains, ses jambes, son cerveau ne répondaient plus vraiment. Ils étaient comme paralysés par le froid extrême, soumis à un mécanisme de plus en plus difficile à mettre en branle. Il ne parvenait même plus à formuler une pensée précise. Le grand blanc avait contaminé jusqu'à la couleur de ses pensées.

Les terres sacrées des Black Hills n'avaient plus rien de noir au cœur de l'hiver. Elles étaient devenues lumineuses comme des éclats d'aluminium dans le jour blanc.

Wild Wolf était à la recherche de ses frères. Or la meute de loups qui vivait parmi ces terres escarpées demeurait invisible. Chaque soir, il avait beau hurler à la lune, nulle réponse ne lui parvenait. Il n'entendit jamais rien qu'un long silence de diamant. Sans doute cette neige abondante avait fait fuir tout animal vers un climat moins hostile, et les loups, qui ont pour habitude de suivre leurs proies, avaient quitté le territoire des hauteurs.

Il était certainement le seul être vivant à des lieues à la ronde. Un homme-loup perdu dans les profondeurs de l'hiver. Or, il le savait, un loup éloigné de sa meute, surtout en pleine saison morte, n'a que peu de chances de survivre.

C'est pourquoi il lui fallait coûte que coûte rejoindre les siens. Et, dans cette attente improbable, ne jamais oublier qu'il était un chaman. Un être aux pouvoirs étranges. Voilà pourquoi il ne renonça jamais, et ne perdit pas espoir. Au bout du chemin, il y avait une anfractuosité de rocher, un pan de montagne où construire sa tanière et se réfugier. Et au terme de l'hiver, il y avait le printemps qui, par quelques signes annonciateurs comme le dégel et les premières floraisons, montrerait bientôt le bout de son nez.

Il se porta au sommet d'une montagne et contempla l'horizon infini qui, telle une flaque d'or blanc, s'étirait face à lui. Il comprit alors que la vie était terriblement fragile. Un souffle de vent, un faux pas, et il disparaîtrait à jamais. Il s'envolerait tel un oiseau dans les nuées.

La dernière fois qu'il eut une pensée en tant

qu'homme, il était heureux comme quelqu'un qui s'approche tout doucement du bonheur et de la vérité.

Tout au bout du chemin, Wild Wolf en était persuadé, il y avait la liberté.

– 32 –

Hunter

La nature n'appartient pas à l'homme. C'est l'homme qui appartient à la nature.

Seattle

L'homme qui aperçut la dernière fois le loup solitaire des Black Hills s'appelait Anton Harper. C'était un célibataire d'une trentaine d'années, mécanicien dans une petite bourgade située non loin de Rapid City, qui occupait tous ses loisirs à chasser dans les collines, d'ordinaire du petit gibier ou des chèvres des montagnes. Mais c'était la première fois qu'il participait à une session cynégétique à une altitude aussi élevée, surtout en plein hiver.

Ce jour-là, il avait décidé de rejoindre des chasseurs qui avaient organisé une battue juste sous le sommet le plus élevé du massif. Le but consistait à remonter la piste d'un groupe de chevreuils aperçus la veille, dont l'un avait été touché au flanc. L'animal avait continué sa course, laissant dans son sillage des gouttes de sang éparses. La piste était toute tracée, il n'y avait plus qu'à la suivre.

Déjà, ce matin, il aurait dû se douter que quelque chose ne tournait pas rond. Sur le trajet, une plaque de verglas avait fait faire une embardée à la voiture. Il avait redressé le volant à la dernière seconde, évitant la sortie de route de justesse. Cet incident l'avait incité à la prudence, et il avait par la suite levé le pied, mais il n'avait pas renoncé pour autant à cette journée de chasse. Il était arrivé en retard au refuge de Monroe, le lieu du rendez-vous. Les autres chasseurs l'attendaient devant la cabane, piaffant d'impatience. Il gara sa voiture, sortit en trombe du véhicule, mit son fusil en bandoulière et leur emboîta aussitôt le pas.

Les cinq hommes s'élancèrent au moment précis où les montagnes blanchies par la neige tombée la veille s'éveillaient lentement dans la fraîcheur ombrageuse de l'aube. Le ciel était pur et lumineux, à peine entaché par des halos de brouillard que l'armée de la froidure, dans un ultime soubresaut, lançait comme un voile sur le paysage. La sensation qui l'avait envahi alors était celle qui étreint une jeune recrue lorsque, pour la première fois, elle passe d'un champ de manœuvres à un champ de bataille.

Dans les contreforts des Black Hills, un lieu perclus de solitude, tout peut déraper à tout moment. Le froid, le silence et la solitude, une arme à feu, cinq chasseurs, une bête sauvage qu'on traque, quelques gouttes de sang dans la neige : tous les ingrédients du drame. Et pourtant la scène de crime était sublime. Des collines rocheuses, un ciel bleu pâle, et des arbres endormis sous la neige.

Il ne restait plus qu'à débusquer l'animal. Ce que s'était empressé de faire Anton Harper, progressant dans la neige à marche forcée. Plus déterminé que ses quatre acolytes, et surtout plus alerte, il s'était bientôt retrouvé seul sur le sentier qui conduisait au Black Elk. Par endroits, il tombait sur des gouttes de sang. Si l'animal avait fini par flancher, nul doute qu'il finirait par le trouver.

Parvenu à un col, il tomba soudain nez à nez avec un loup. L'animal venait de capturer une proie. Un écureuil au pelage roux comme les feuilles d'automne, dont la nuque avait été brisée d'un coup de mâchoire, pendait de sa gueule tel un pantin désarticulé. Anton Harper s'immobilisa aussitôt. Puis, sans un bruit, il épaula son fusil et tint l'animal en respect dans son viseur. Mais le loup sentit sa présence et fit soudain volte-face. C'est alors que le chasseur croisa son regard. Un regard tellement humain qu'il en ressentit un vertige. Anton Harper, incapable de poursuivre son geste, finit par baisser sa garde. Le loup en profita alors pour disparaître dans l'infiniment blanc.

Cette rencontre fortuite troubla profondément le chasseur. Il savait qu'il y avait des cougars et des coyotes dans ces montagnes, mais il n'avait jamais entendu dire qu'il y ait eu des loups. D'où venait cet animal ? Et surtout, pourquoi lui avait-il fait songer à un homme ?

À dix heures du matin, encore perturbé par cette étonnante rencontre, Anton Harper finit par repérer le chevreuil blessé la veille. Perché à flanc de montagne sous une barrière rocheuse, l'animal semblait mal en point, mais toujours vivant. Et enfin à portée de son fusil. Le chasseur se tapit sous un énorme rocher, observa la scène à la jumelle, puis décida d'en finir. Il épaula son arme et pointa le viseur sur l'animal qui se trouvait à deux cents mètres au-dessus de lui. Après une longue attente, un premier coup de feu claqua, et le tonnerre emplit la vallée. Au loin, la bête vacilla à la lisière du soleil, mais ne tomba point. Un deuxième coup de feu se perdit quelque part dans les rochers, sans toucher sa cible. Enfin un troisième, mieux ajusté, termina le combat. Le chevreuil, mortellement atteint, s'écroula à terre. Anton Harper n'eut plus qu'à ramasser les douilles sur le sol recouvert de neige, et remonter jusqu'à lui.

Le chasseur avança dans ce labyrinthe de roches avec une agilité déconcertante. La bête gisait dans une ravine. S'approchant d'elle, il la contempla longuement, la soupesa et, immédiatement, attacha à l'une de ses pattes le bracelet de chasse obligatoire pour les cervidés. Elle était si lourde qu'il dut attendre les autres pour la transporter. Il savait que les trois coups de fusil avaient suffi à le repérer, et à leur donner l'élan nécessaire pour le retrouver.

Lorsqu'ils le rejoignirent, Anton Harper était assis à côté du chevreuil, l'esprit visiblement ailleurs. Il semblait se désintéresser de l'animal étendu à ses côtés. Bien qu'en qualité de tireur il eût droit à ce privilège, il laissa pourtant aux autres chasseurs le soin de vider la bête, de la débarrasser de ses humeurs bilieuses. Tandis que, d'un coup de couteau bien ajusté, l'un de ses compagnons faisait tomber les abats dans la neige, l'odeur âcre et fumante des entrailles lui emplit les narines jusqu'à l'écœurement.

C'était certain, depuis qu'il avait croisé le regard de ce loup, il semblait obnubilé. Comme si cette vision lui avait glacé le sang.

Ce fut la dernière saison de chasse d'Anton Harper.

– 33 –
Wakan Tanka

Nous sommes des prisonniers de guerre tant que nous attendons ici. Mais il y a un autre monde.

Black Elk

Les Indiens Lakotas Oglalas de la réserve de Pine Ridge, dans le Dakota du Sud, racontent que Wild Wolf a rejoint Wakan Tanka, le grand mystère, et qu'il vit toujours parmi les esprits peuplant les terres sacrées des Black Hills.

Certains pensent qu'il est le loup solitaire aperçu par le chasseur de Rapid City, et qu'il demeure encore dans les étendues glacées bordant les cimes neigeuses de Black Elk.

D'autres, qu'il a choisi d'abandonner son

enveloppe corporelle et est devenu immortel. Ou bien que, comme tout être humain, il a fini par mourir de froid, de faim et de solitude dans le désert blanc du monde.

D'autres encore qu'il s'est changé en flocon de neige, en souffle de vent, en pluie de comètes, en étoile au firmament.

Nul ne le sait. On raconte tant de choses à son sujet qu'il est impossible de démêler le faux du vrai.

Ce qui, en revanche, est certain, c'est qu'en disparaissant du monde des hommes son nom a revêtu un caractère sacré.

Et qu'en acceptant d'être chaman il est entré dans le territoire, plus vaste encore, de la légende.

Table des matières

Du même auteur

Aux Éditions Michel Lafon

La Petite Marchande de rêves, 2012
La Poupée de porcelaine, 2013
La Fée des Glaces, 2013
Le Palais des Ombres, 2014 et 2019 en poche
Zen, 2015 et 2018 en poche
Le Syndrome du Papillon, 2016

Chez d'autres éditeurs

Neige, 1999
Le Violon noir, 1999
L'Apiculteur, 2000
Sagesses et malices de Confucius le roi sans royaume, 2001
Opium, 2002
Billard blues, 2003
Amazone, 2004
Tango Massaï, 2005
Le Labyrinthe du temps, 2006
Le Tombeau d'étoiles, 2007
Les Carnets de guerre de Victorien Mars, 2008
Le Papillon de Siam, 2010
Rhum Caraïbes, 2011
Noces de sel, 2012

Composition et mise en pages
Nord Compo à Villeneuve-d'Ascq

Imprimé en France par Maury Imprimeur
en décembre 2019
N° d'impression : 241703
Dépôt légal : janvier 2020
ISBN : 979-10-224-0388-7
POC 0256